MA SŒUR

JACQUES EXPERT

MA SŒUR

Roman

CALMANN
LÉVY
NOIR

CALMANN LÉVY
ÉDITEUR DEPUIS 1836

Couverture
Maquette : Dorian Danielsen
Photographie : © PhotoAlto / Odilon Dimier / Getty Images

ISBN 978-2-7021-8529-2

Avant-propos

« La famille, c'est sacré. » Jean-Pierre, le patriarche de la famille Delaporte, n'a cessé tout au long de sa vie de répéter son credo. Lui, pourtant parfois si égoïste, ne pensant qu'à sa petite personne, laissant comme impression qu'il n'avait pour principal but que de bosser et de faire fructifier son immense fortune, n'a jamais dérogé à cette règle : la famille, c'est sacré.

Même lorsqu'il a divorcé, il y a maintenant pas mal de temps, veillant à ce que son ex-femme ne manque de rien, il n'a jamais renoncé à proclamer qu'il n'y avait rien de mieux que la famille.

Cela peut paraître étonnant mais, ensuite, Jean-Pierre – c'est ainsi que depuis toujours ils appellent leur père – a eu du mal à se faire à cette famille disloquée. Car pour lui, en tant qu'orthodoxe de la cellule familiale, une famille, c'est un papa, une maman et des enfants. Pas question de lui parler de couple homosexuel !

Il avait une admiration sans borne pour ses propres parents, aujourd'hui disparus, qui avaient rassemblé une centaine de personnes à l'occasion de leur soixantième anniversaire de mariage. Jean-Pierre avait mis toute son énergie à sa réussite, sans ménager ni sa peine ni son argent. Dans son discours un poil ampoulé, il avait dit qu'il n'y avait pas de plus beau modèle que leur couple « qui a si bien résisté à l'usure du temps, affrontant tête haute les tempêtes ».

Voilà pourquoi il a vécu la séparation avec sa femme comme un échec, qu'il avait bien cherché. Et pourquoi il ne s'est jamais remarié.

Il est ainsi leur père, optimiste, toujours d'attaque, content de lui et de sa vie, convaincu d'avoir été un papa exemplaire pour ses deux fils, Tristan et Julien. Tous deux n'ont manqué de rien et ont essayé de suivre la voie qu'il avait tracée pour eux. Julien a été conforme à ses souhaits de père fier de son rejeton : marié à une diplômée rencontrée dans leur grande école de commerce, deux enfants et une vie modèle, harmonieuse et rangée. Au fond de lui, il a le sentiment que la vie de Julien est parfaitement réglée et sans tumulte. Tristan, en revanche, est à ses yeux le canard boiteux. Célibataire endurci, il n'a pas d'enfants. Un jour, il l'a scotché en disant qu'il le plaignait de cette vie sans descendance.

« Ma descendance », voilà un mot dont il ne cesse de leur rebattre les oreilles. À l'entendre, il laissera « de quoi bien vivre » à sa mort. La transmission du patrimoine est pour lui une question essentielle. « Vous serez contents ! » répète-t-il souvent alors que ses fils s'efforcent d'en rire : « Tu nous enterreras tous, papa. »

Vu sa forme éclatante dont ses nombreuses maîtresses sont les témoins, il n'est pas près de les quitter…

Bref, ce qui va suivre est une déflagration. Mais pas seulement pour Jean-Pierre, pour eux tous.

Reprenons l'histoire depuis le tout début, avant même que Jean-Pierre apprenne l'existence de Nathalie.

C'était un mercredi matin et Tristan était le premier personnage de ce drame familial.

Cette histoire prend place il y a quelques années. Tout ce qui est relaté ici est vrai.

PARTIE 1

1.

Tristan Delaporte calme son impatience. Il traîne encore un peu sur le trottoir avant de pénétrer dans le café de l'avenue Charles-de-Gaulle où il a ses habitudes. Il y passe tous les matins, à neuf heures et demie pétantes. Devant un grand crème et une tartine de beurre, il attend ici le moment de rejoindre son salon de coiffure, juste en face.

Si aujourd'hui il tarde à entrer, c'est parce que, porté par sa curiosité et une sorte de prudence, il tente à travers les vitrines de deviner le visage de celle avec laquelle il a rendez-vous. Avec détachement, il fouille du regard l'intérieur de la salle.

Il y a trois ou quatre femmes seules.

Incapable de les départager, il finit par pousser la porte du café.

Celle qui se lève aussitôt en l'apercevant est déjà installée à la table tout au fond de la salle, sur les banquettes vert olive. Elle s'avance vers lui.

« Je vous attendais », dit-elle. Elle ajoute aussitôt : « Je suis si heureuse que vous ayez accepté de me rencontrer. »

Que peut-il répondre d'autre que : « Moi aussi, Nathalie », tandis qu'elle l'embrasse sur la joue comme si cela leur était naturel ?

Elle le prend dans ses bras et cela lui semble durer une éternité. Il n'ose se détacher d'elle de peur de la froisser. Déconcerté, il fait comme s'il n'entendait pas ses légers sanglots. Ses larmes n'arrivent-elles pas trop tôt ? se demande-t-il, étonné par ce raz-de-marée d'émotion.

À cet instant, il s'interroge sur ce qu'il fait là, ignorant encore pourquoi ils ont rendez-vous et pourquoi il a accepté cette rencontre saugrenue.

Il a suffi qu'elle lui dise au téléphone : « Je suis vraiment désolée de vous déranger mais je souhaiterais que nous nous voyions pour une affaire qui me semble importante et qui je pense ne vous laissera pas insensible. Je suis à votre entière disposition, bien sûr, et je comprendrais que vous refusiez. Je vous demande cela très amicalement », pour que son intérêt le pousse à aller plus loin.

Puis, elle s'est de nouveau excusée pour cette intrusion « un peu maladroite » dans sa vie. « Vous devez être tellement occupé », a-t-elle dit.

Cette femme a piqué sa curiosité quand elle a ajouté ne pas vouloir en dire plus par téléphone. Peut-être aussi a-t-il accepté parce qu'elle ne s'est pas montrée insistante. Juste amicale et très polie.

Quand il sont convenus de ce rendez-vous improbable, il ne s'est même pas demandé comment elle avait obtenu son numéro…

2.

En l'embrassant, Nathalie sent les effluves enivrants de son parfum musqué, très masculin. Trop puissant. Puis, elle laisse échapper quelques larmes. Ainsi voilà en chair et en os ce Tristan qu'elle a tant voulu rencontrer. Elle l'a aperçu de l'autre côté de la vitrine. Il est tel qu'elle l'imaginait. Grand, élégant, bel homme, séducteur aussi. Certes, il a tardé à entrer mais, à l'instant où elle l'a repéré, elle a su qu'elle avait gagné. Il ne reculerait pas. Il suffisait de l'attendre, de lui offrir un large sourire et de l'étreindre. Ce sont les larmes qu'elle n'avait pas prévues, la laissant un peu désemparée. Elle tente de les cacher en les effaçant d'un rapide revers de la main.

« Je me suis pourtant bien promis de ne pas pleurer », se justifie-t-elle.

Il a déjà noté qu'elle ne porte pas de bijoux, ni d'alliance.

3.

Les Delaporte, elle les a étudiés un à un ces derniers mois. Ce fut facile, tant il y a d'informations sur eux sur le Net. Très vite, une évidence s'est imposée : Tristan était la meilleure option pour approcher cette famille. Passer par Julien, le frère cadet, aurait été une erreur. Ce garçon est trop sérieux, sans curiosité, ni empathie. Il aurait freiné des quatre fers. Il ne l'inspirait pas...

Elle n'a pas voulu commencer avec Jean-Pierre, le père. Cela aurait été trop rapide et violent, c'était l'échec assuré. L'homme est encore un mystère à ses yeux et ses réactions sont imprévisibles. La montagne était trop haute, et le mieux était de l'attaquer avec l'appui de Tristan. C'est le pari qu'elle a fait en provoquant ce rendez-vous.

Elle a concentré ses recherches sur lui. Elle sait tout de sa vie, mais elle fera mine de s'étonner quand il la lui racontera. Car, forcément, il brandira sa réussite tel un étendard.

Elle a fait le bon choix, se dit-elle, tandis qu'elle est toujours collée à lui. Tristan est loin d'être parfait, mais il est plutôt cool, plus ouvert à la nouveauté que les autres Delaporte.

Il est en tout cas le seul que sa démarche pouvait intriguer. Qu'il se soit laissé aussi facilement prendre dans ses bras est plus qu'un bon point, c'est une assurance pour l'avenir, il ne faut pas qu'elle se rate maintenant. Tout va se jouer dans ce café et dans l'heure qui vient.

Nathalie est à Paris depuis deux jours, qu'elle a occupés en observant Tristan de loin, hésitant même en passant devant son salon à s'y faire coiffer. Elle a aussi suivi Jean-Pierre, près de la Madeleine où elle l'a vu acheter un châle Hermès. Connaissant l'homme, ce ne pouvait être qu'un cadeau à une future conquête. Les femmes, et elle en a souri sur l'instant, resteront son point faible…

Elle a pris une chambre dans un hôtel anonyme de la Défense puisque officiellement elle est en meeting au siège de sa société d'assurances londonienne.

Judith, sa fille unique, ne l'accompagne pas dans sa quête. La jeune femme voulait venir, tout aussi impatiente que sa mère à l'idée de découvrir à quoi ressemblaient les Delaporte. Mais ce premier pas, elle devait l'accomplir seule. Judith l'aurait encombrée, et puis elle est si imprévisible. Même si Nathalie ne craint pas de prendre des risques, en voilà un à ne pas courir.

4.

Tristan ne parvient pas à se détacher de l'étreinte de l'inconnue. Certes ce rendez-vous l'a plus qu'intrigué, mais il se demande toujours ce qu'il fout là.

Il y a dix secondes, il ne la connaissait pas et voilà qu'elle est tombée dans ses bras.

Elle reste longuement serrée. Il tente de sortir de ce piège, hésite à la repousser. Il a l'impression que toute la salle l'observe. Il n'aime pas se donner en spectacle et il devine le regard malicieux de gros Phiphi, son vieux complice, patron « depuis toujours » de ce café au chiffre d'affaires impressionnant.

Quand elle se détache enfin, son rimmel a coulé, laissant de fines traces noires sur ses joues. Avant même de dire quoi que ce soit, Tristan ramasse la petite serviette de papier posée sur la table et la lui tend.

« Quelle émotion ! Ce n'est pas un jour à se maquiller ! » tente-t-il de plaisanter.

Elle s'excuse.

« Je ne sais pas ce qui me prend », bredouille-t-elle tout en s'essuyant si maladroitement qu'elle ne réussit qu'à couvrir davantage son visage de traînées noires. D'ordinaire Tristan en rirait, mais, à cet instant, il la trouve touchante, tellement fragile. De plus en plus intrigué, il l'invite à s'asseoir.

Il lui sourit amicalement. Elle se penche sur son sac à main, y saisit une petite trousse dorée et s'excuse de nouveau. « Je reviens, Tristan », dit-elle avant de disparaître dans l'escalier qui conduit aux toilettes.

Il ignore toujours ce qu'elle veut, et ce que signifient ces larmes. Mais l'idée l'effleure déjà... Forcément, connaissant Jean-Pierre...

5.

Face à la glace, elle contemple le désastre. Elle savait qu'elle allait pleurer et s'en veut d'avoir mis du rimmel. Descendre aux toilettes a une vertu, celle de calmer sa nervosité, d'évaluer la situation. Il est venu, c'est le principal. Reste maintenant à le convaincre. Elle nettoie son visage, se remaquille légèrement, évite le rimmel. Elle souffle un grand coup, comme avant de remonter à l'assaut.

À l'étage, profitant de son absence, Tristan inspecte sans les toucher ses affaires posées avec soin sur la banquette : une veste de bonne facture. Dessous, il devine un sac Lancel de cuir noir. Avant qu'il arrive elle lisait *Le Monde*. Le journal est ouvert sur un article parlant de la situation à Taïwan.

Ces bribes d'informations le rassurent.

En posant son café crème, gros Phiphi l'interroge du regard. Sa moue, en réponse, signifie qu'il ne sait pas. « Mystère », murmure-t-il tout bas.

Quand elle apparaît en haut des marches, Nathalie échange avec lui un sourire bienveillant. Il a le temps de la détailler. Elle avance, gracieuse, avec un brin de timidité. Sans précipitation. Tristan lui donne une quarantaine d'années, à peine moins que lui.

Elle porte une chemise bleu marine en lin sur un pantalon noir. Aux pieds, des escarpins de la même couleur. Elle est mince, a les cheveux blonds et bouclés, les yeux verts, un petit nez légèrement retroussé. Sa traversée de la salle ne passe pas inaperçue. Quelques clients solitaires lèvent les yeux sur elle.

Même gros Phiphi, retourné à son comptoir, la reluque. Tristan s'en amuse. Le cafetier doit se demander si c'est une nouvelle conquête.

Nathalie, dont Tristan ne connaît que le prénom qu'elle lui a soufflé au téléphone, se glisse sur la banquette tout en pliant le journal qu'elle range dans son sac. Puis, elle pose délicatement sa main sur celle de Tristan.

Elle dit alors avec un naturel confondant :

« Ça fait presque deux ans que je voulais vous contacter. J'avais peur…

— Peur ? s'écrie-t-il. Et qu'est-ce que tu crains ? J'ai à ce point l'air d'un monstre ? ajoute-t-il en riant.

— Non, non, se défend-elle. Mais, ce que je suis venue vous dire…

— *Te* dire ! la coupe-t-il. Après une pareille embrassade, on ne peut que se tutoyer ! » Elle marque une pause, avant d'ajouter : « Ce n'est pas facile. J'ai beaucoup hésité…

— Je suis là, je t'écoute. Je t'assure, n'aie pas peur. Je ne mords pas ! »

Elle répond par un sourire. Tristan remarque la fossette au creux de son menton. Il ne l'avait pas vue avant. Cela ne fait que confirmer ses interrogations. Ils ont tous la même dans la famille. Il insiste :

« De quoi avais-tu peur ?

— J'ai tant à te dire », annonce-t-elle, l'œil brillant. Elle sort de son sac une photo : « Avant de tout vous raconter, je voudrais vous montrer ça. » Aussitôt, elle se reprend : « Te montrer ça ! À gauche, le gros bébé, c'est moi… À droite, le petit garçon, c'est toi ! C'est toi, Tristan ! Tu avais trois ans ! »

6.

Tristan a aussitôt reconnu la plage de La Baule, celle où il a vécu tant de bons moments de l'enfance à l'adolescence. Mais de la petite fille à ses côtés, la photo ne lui rappelle rien.

Quiconque, lui le premier, se laisserait happer par le ton de la voix de Nathalie. Elle est envoûtante, plus efficace qu'une berceuse.

« Je suis ta sœur », murmure-t-elle enfin, comme si elle lâchait une confidence trop longtemps retenue. Elle rectifie : « Ta demi-sœur… »

Il s'attendait à cette révélation, il sourit. Enhardie par cette réaction, elle se lance dans son histoire.

Elle trouve les mots et la rend touchante.

Sa mère s'appelle Marielle, elle a aujourd'hui soixante-douze ans.

Elle a rencontré Jean-Pierre lors de l'été quatre-vingt-trois sur la plage de La Baule, où il passait ses vacances dans une luxueuse villa de location.

« Luxueuse », se dit Tristan, le mot n'est pas exagéré tant elle était majestueuse et confortable.

Depuis, son père l'a achetée et il y passe de plus en plus de temps, de longs week-ends. Il dit que l'endroit l'apaise. « J'en ai vraiment besoin après la vie de dingue que j'ai menée ! »

Sa vie ne fut pas un tapis de roses, il a lutté pour réussir, quitte à faire de nombreux sacrifices, comme, sans même le réaliser, celui des siens, lui qui proclamait « la famille, c'est sacré ».

Il aime parcourir la plage d'une extrémité à l'autre. Autrefois, il y faisait son jogging. Désormais, il marche d'un pas rapide, un exercice bon pour le cardio et recommandé par son « toubib ». Parfois, même quand l'océan descend à moins de vingt degrés, il y nage, en sort sans marquer le moindre signe de froid. Il cherche à épater les promeneurs – ou les promeneuses.

Tristan avait cinq ans et son frère trois quand leurs parents ont divorcé. Jean-Pierre gardait ses fils durant trois semaines, début août.

Quand ils arrivaient, ils croisaient souvent une femme qui leur était présentée comme une amie, une voisine ou l'une de ses employées. Cette femme était sa dernière maîtresse en date qui s'effaçait pour leur laisser la place. Ce n'était jamais la même d'une année sur l'autre. Les innocents enfants qu'ils étaient racontaient à leur mère à quoi ressemblait cette dame de passage. Invariablement, elle les traitait de salopes, exigeant de savoir si « une de ses putes » était restée pendant leur séjour. Au début ils ignoraient pourquoi elle se mettait en colère contre ces dames. Ce n'est qu'en grandissant qu'ils avaient compris. Alors, par solidarité avec leur mère, ils refusaient d'embrasser la nouvelle avant qu'elle ne parte, comme les y encourageait Jean-Pierre.

Leur père, qui cultivait à raison de deux heures de sport quotidiennes et de natation dans l'océan un corps musclé et bronzé, régnait sur la plage de La Baule.

C'était son territoire, où il se permettait toutes les fantaisies jusqu'à attirer dans son lit des femmes restées seules pendant la semaine.

7.

Tristan n'ose pas demander si Marielle était amoureuse de Jean-Pierre, ce qu'elle dit de lui aujourd'hui. Toujours est-il que neuf mois après août quatre-vingt-trois, Nathalie est née à Lille. Le 9 avril. Son père, important manufacturier local, a adoré sa fille dès sa naissance, elle a grandi dans un foyer paisible qui, en revanche, n'est plus jamais parti en vacances à La Baule.

« Je pense qu'il ne voulait pas croiser ton père...

— La photo a été prise quand ?

— Je ne sais pas... La première année, peut-être... J'étais un tout petit bébé ! » Elle s'interrompt un instant, esquisse un sourire avant de dire : « Je suis fille unique. Sois rassuré, tu n'as pas de demi-frère !

— Quel dommage...

— Mon père, du moins celui que j'ai toujours appelé "papa", raconte-t-elle, a ensuite acheté un grand appartement à Arcachon. Maman vient de le mettre en vente. Ni ma mère ni moi n'apprécions l'endroit, peuplé de vieillards hors saison, et bourré de monde l'été. Et maintenant elle souhaite retourner au calme à La Baule !

— Jean-Pierre n'attend qu'elle !

— C'est vrai ? s'exclame-t-elle.

— Non, non, je plaisante, Nathalie. Mais avec lui, on peut s'attendre à tout... »

Tristan s'étonne que Nathalie marque si peu d'émotion quand elle évoque le décès de son père, emporté il y a deux ans par un cancer foudroyant qui l'a plongé dans le coma. « Il y est resté trois semaines, avant de nous quitter », précise-t-elle.

Quelques jours à peine après les obsèques, sa mère a tenu à lui parler.

« C'est ce matin-là qu'elle m'a révélé que mon véritable père, mon géniteur, était Jean-Pierre Delaporte. Son secret était trop lourd à porter, elle devait l'avouer : "Ton père y tenait, il m'avait fait promettre de rompre notre secret à sa mort. Mais, sois certaine que papa t'a non seulement acceptée, mais aimée comme un vrai père. Tu étais sa fille." »

Comme preuve, Marielle avait préparé les résultats d'un examen médical datant de cette époque-là, où il était indiqué que son père, du moins celui qui l'a élevée avec amour, était stérile. Il ne pouvait lui donner les enfants que tous deux désiraient tant.

Tout cela ne surprend pas Tristan, mais il lui faut encore quelques secondes avant de réaliser qu'il a en face de lui sa demi-sœur.

Que ces révélations tardives vont bouleverser sa vie et celle de sa famille.

Pensif, il caresse du doigt sa propre fossette à la base du menton. La marque des Delaporte.

La seule chose qui le préoccupe est de savoir comment Jean-Pierre va réagir s'il apprend l'existence de cette « fille surprise ». Lui qui précisément déteste les surprises... En cet instant, Tristan est convaincu que son père ne voudra pas entendre parler de cette histoire. Sa vie est trop bien réglée, centrée autour de sa personne, de ses envies, il ne voudra jamais se la compliquer avec une fille surgie de nulle part.

8.

Nathalie s'exprime avec un mélange de tendresse et d'assurance, sans jamais forcer le ton. Elle se montre fébrile, parfois elle laisse échapper un sourire ; mais son regard exprime une légère retenue, de la bonté aussi. Au fil de son récit, Tristan s'attend à ce qu'elle craque. Jamais elle ne faiblit, même si elle s'interrompt de temps en temps, comme pour reprendre son souffle. Comme si évoquer cette histoire était trop lourd et qu'elle renonce à poursuivre.

Tristan ne pensait rester qu'une poignée de minutes, juste le temps de satisfaire sa curiosité, pourtant ils sont toujours ensemble une heure plus tard. Ils discutent, sont curieux l'un de l'autre. Tristan est ravi, jusqu'à oublier de consulter l'horloge sur son portable. Ils en sont à leur second café et hésitent à en commander un troisième.

« Je suis déjà comme une pile, je ne vais pas dormir de la nuit ! » s'exclame Nathalie.

Quand Tristan lui demande si elle ne doit pas être au travail, elle répond qu'elle s'en moque :

« Il y a des choses bien plus importantes que le boulot. »

Tristan approuve, réalisant que la liste des clientes qui l'attendent au salon doit s'allonger. Mais lui aussi s'en fout.

Il se révèle encore plus agréable et sympathique que Nathalie l'espérait. La femme, inquiète au début, affiche maintenant un visage radieux. Ce Tristan est comme elle le prévoyait.

Il en dit beaucoup sur sa vie. Le seul sujet qu'il évite est celui de ses aventures féminines. Cela effraierait sa demi-sœur. Sinon, il lui raconte ses deux mariages, son goût pour la peinture contemporaine, ses voyages, et surtout sa passion pour la coiffure, métier dont il rêvait « depuis tout petit ». Il ajoute : « Jean-Pierre n'était pas fan de mon choix. Il a fallu que je m'impose et, avec lui, ce n'est jamais facile. »

Emporté par son élan, il se vante d'être une star dans son domaine. Nathalie se montre impressionnée et, quand il liste toutes les vedettes qui ne veulent que lui, elle s'exclame, alors qu'elle n'a identifié que quelques noms :

« C'est fou, Tristan. Toutes ces célébrités rien qu'à toi ! »

Il fait le modeste, mais livre quelques anecdotes croustillantes qui laissent Nathalie pantoise :

« Celle-là, dit-elle les yeux exorbités, elle représente la classe féminine personnifiée. Et tu me dis qu'elle est vulgaire et jure comme un charretier… Je n'en reviens pas ! »

Déjà, les voilà complices. Elle est satisfaite, Tristan sera un allié précieux.

9.

« Mon histoire l'a touché », se dit déjà Nathalie, alors qu'ils ne se sont pas encore séparés.

De fait, Tristan insiste pour en apprendre davantage sur elle.

Alors elle donne de nouveaux détails sur son enfance dans une famille aisée du nord de la France (un père industriel, une mère au foyer, l'école privée, des études supérieures à Lille). Elle sourit en décrivant une maman aimante, attentive à son bonheur. Elle frissonne en évoquant son papa, un père sévère mais très présent. Les Noëls en famille, les voyages, sa grand-mère toujours en vie à quatre-vingt-onze ans, mais qui n'a plus sa tête, ses premières amours aussi. Tristan a l'impression de tout savoir d'elle.

« Pourtant j'ai encore pleins de souvenirs à partager avec toi », dit-elle.

Elle s'excuse encore :

« Je ne voudrais pas te saouler avec mes histoires !

— Mais non, la rassure-t-il. Comment s'appelait ton père ?

— Jean-Pierre ! » s'amuse-t-elle. Il rit. « François, répond-elle. Il me manque beaucoup, dit-elle avec une assurance nouvelle. Il restera à jamais mon papa, même si j'ai un autre géniteur que je voudrais rencontrer, ne serait-ce qu'une fois. »

Tristan ironise :

« Tu ne seras pas déçue ! Mon père est une perle. »

Nathalie marque une légère moue de déception. Il comprend qu'elle aurait voulu qu'il dise « *notre* père ».

Comme s'ils ne voulaient pas se quitter, chacun parle encore de ses passions, de son quotidien, le théâtre, le travail, de Venise qu'ils adorent, de leurs restos préférés. Des expos à ne pas rater à Paris.

Tristan lui propose de l'accompagner voir la rétrospective Chagall à Beaubourg où il est invité le lendemain. Malheureusement, elle doit regagner Londres, mais elle promet de l'accompagner lors de son prochain séjour en France.

Nathalie s'inquiète de nouveau de la réaction de Jean-Pierre. Tristan détourne la tension en plaisantant :

« Ça devrait passer, je l'espère de tout cœur. Heureusement que vous n'êtes pas deux, sinon bonjour les dégâts ! »

Cette fois, Nathalie éclate de rire. Elle glisse :

« Je sens que nous allons bien nous entendre, Tristan !

— Parle-moi de ta fille Judith. »

Il veut savoir son âge, ce qu'elle va faire dans la vie, si elle aussi a envie de connaître les Delaporte.

« Oui, elle est même impatiente de tous vous rencontrer. Mais pour cette première fois, j'ai préféré venir seule.

— Et elle a réagi comment à cette histoire ?

— Elle a rigolé, disant qu'elle avait trois grands-pères ! Ensuite elle a été la première à m'encourager dans ma démarche. Elle se sent déjà Delaporte !

— Je suis certain qu'elle s'entendra très bien avec mes nièces, les filles de Julien. »

Tristan lui fait promettre de la lui présenter lors de son retour à Paris.

« Vous logerez chez moi, s'emballe-t-il soudain.

— Non, non, c'est trop gentil…

— Et comment tu t'es retrouvée à Londres ? »

Nathalie lui explique qu'elle a suivi son époux, James Fitzgerald, en Angleterre, juste après leur mariage. Malheureusement, du jour au lendemain, il a disparu de la circulation. Envolé, sans explications, pour une Américaine. Aux dernières nouvelles, mais qui datent, il vivrait à Houston au Texas.

« Je le regrette d'autant moins qu'il m'a laissé une fille formidable, que j'adore. » Elle ajoute après un bref silence : « Judith est tout l'inverse de moi… Elle n'a aucune envie de revoir James, son père.

— Sa mère lui suffit.

— Probablement… »

Nathalie sourit de contentement quand il demande :

« Tu es donc vraiment décidée à rencontrer notre père ? »

Elle hoche la tête. Une larme coule sur sa joue sans que Nathalie essaie de la retenir.

Tristan se tourne et fait signe à gros Phiphi. C'est le moyen, un peu dérisoire, qu'il a trouvé pour ne pas exposer son trouble à sa demi-sœur. Ses révélations, dont il mesure petit à petit les conséquences, l'ont touché.

Elle s'en aperçoit, car elle demande s'il la croit, le suppliant presque. Il ne répond pas tout de suite, non pas parce qu'il hésite – bien sûr qu'il la croit –, mais parce qu'il cherche les bons mots.

Nathalie plante ses yeux encore embués dans les siens :

« Je suis prête à faire un test ADN, cela permettra de lever toute ambiguïté.

— Pour le test, on verra plus tard, répond-il avant de reprendre : Connaissant Jean-Pierre, je crains que ce soit nécessaire...

— Je m'y soumettrai sans problème, assure-t-elle. C'est tout à fait normal.

— Ça ne presse pas. »

La marque des Delaporte à son menton lui suffit déjà. Son récit l'a convaincu.

Ils restent quelques instants silencieux, comme si le temps s'était soudain arrêté, puis Tristan pose la question qui s'impose en cet instant. Il avance prudemment :

« Je ne remets évidemment pas en cause ton histoire personnelle, mais comment veux-tu que j'en parle à mon père ?

— Je ne sais pas... Tu le connais mieux que moi...

— Avec lui, je vais avancer prudemment. Étape par étape.

— Il ne peut pas avoir oublié maman... », murmure-t-elle si bas que Tristan doit la faire répéter. Elle poursuit, contrite : « Oui... Crois-moi, j'aurais préféré que celui que j'ai appelé "papa" toute ma vie soit vraiment mon père. »

Il ne trouve rien d'autre à dire que : « C'était un homme bien... Il t'a acceptée comme sa propre fille. »

Elle ne réagit pas à sa remarque, comme si c'était une évidence. Elle s'agace un peu :

« Tu ne crois pas que je sois ta sœur !

— Mais si, bien sûr, affirme-t-il avec le maximum de conviction.

— Je fais de ce test ADN ma priorité ! »

Il s'apprête à protester, répéter qu'il n'y a aucune urgence, que Jean-Pierre l'exigera sans doute, mais elle le coupe, sûre d'elle :

« Maman ne peut pas m'avoir menti. Et surtout elle est incapable de trahir celui qui fut son mari pendant plus de quarante ans. Elle l'aimait ! Oui... à sa façon, mais elle l'aimait.

— Jean-Pierre et ta mère ont continué à se voir après ? demande Tristan qui n'a pas encore assouvi sa curiosité.

— Après ?

— Après ta naissance.

— Non, je ne pense pas. Ensuite, mon père a acheté cet appartement à Arcachon. Papa ne voulait pas avoir Jean-Pierre en face de lui... Je sais aussi qu'elle a insisté pour ne pas revenir à La Baule.

— Pourquoi ?

— Elle ne me l'a pas dit, mais j'ai le sentiment qu'elle était amoureuse de lui. Elle a mis fin à leur liaison.

— Elle lui a dit que tu étais sa fille ?

— Jamais... »

Tristan souffle dans un sursaut de lucidité : « Elle aimait Jean-Pierre aussi... Différemment, sans doute.

— Je l'espère... Ce serait trop dur autrement. Je veux être le fruit d'un vrai amour ! »

Bêtement, il tente de plaisanter :

« Heureusement qu'ils se sont arrêtés là. Tu es vraiment sûre de ne pas avoir d'autres frères et sœurs ?

— Désolée, Tristan, la famille s'arrête là... Avec moi, sourit-elle. Mais, crois-moi, ce n'est pas une sinécure ! »

Puis, elle ouvre son sac. Elle en sort une autre photo.

C'est celle d'un homme d'une bonne trentaine d'années, les yeux bleus, le front haut, le nez droit, les pommettes saillantes et la coiffure abondante.

« C'est mon père jeune. Il est beau, non ?

— Presque autant que Jean-Pierre. »

Nathalie lui montre ensuite sur son portable une ancienne photo de sa mère. Elle est allongée sur le sable, bronzée, en maillot de bain à balconnet fuchsia. Ses cheveux sont lisses et bruns.

« Ta mère n'est pas blonde comme toi », remarque-t-il.

Elle ne réagit pas :

« Regarde comme elle semble heureuse. La photo a été prise à La Baule. »

Inutile d'en dire plus. Il comprend qu'elle date de l'époque où Jean-Pierre et elle étaient amants. Souriant à pleines dents, Marielle offre au photographe un regard en coin, un brin espiègle. Tristan la trouve désirable.

« Elle était vraiment belle, s'exclame-t-il. Elle est tout à fait le genre de Jean-Pierre !

— Belle, maman l'est toujours. »

Elle sanglote, demande pardon pour ses larmes. Il serre sa main pour apaiser sa tristesse.

« Mon maquillage va encore me défigurer ! »

Leurs visages ne sont qu'à quelques centimètres l'un de l'autre. Il y a tant d'affection dans cet instant qu'il faut que l'un et l'autre se fassent violence pour ne pas craquer davantage.

« J'ai attendu deux ans avant de me décider. J'ai vite éprouvé le besoin, la nécessité d'avancer dans cette histoire, et avancer c'était rencontrer mon géniteur, vous connaître aussi. Vous, les Delaporte, mes frères. Ces deux dernières années, j'ai été si mal que j'étais à deux doigts de m'effondrer. Je me suis réfugiée dans le travail, j'ai fait du sport comme une folle, j'ai traversé une crise de boulimie. Bref, j'ai affronté une dépression dont j'émerge à peine... Judith, ma fille, m'a beaucoup soutenue pendant cette épreuve. Si j'en suis sortie ? L'avenir le dira, mais je pense que je vais mieux, beaucoup mieux. Il m'a fallu du courage mais j'ai enfin franchi le pas. »

Il acquiesce de la tête.

« Ta mère sait que tu es venue me voir ?

— Bien sûr, je ne lui cache rien. Elle est même impatiente de savoir comment s'est passée notre rencontre d'aujourd'hui.

— Et qu'est-ce que tu lui diras ?

— Que je suis heureuse ! Tellement heureuse. Je lui dirai que j'ai un demi-frère formidable ! »

Tristan croule sous le compliment. Il met quelques secondes à réagir.

« Il faudra que tu me présentes ta maman, le moment venu.

— Bien sûr... Mais pas tout de suite. Elle n'est pas prête à renouer avec ce passé. »

À son tour de saisir la main de Tristan. Elle est glaciale.

« Et maintenant ? demande-t-il.

— Maintenant... Je ne sais pas... Je veux le voir, bien sûr, ne serait-ce qu'une seule fois. J'ai le sentiment qu'après je pourrai tourner la page. Mais, pour l'instant, je préfère attendre. Je ne suis pas encore prête. Tu me comprends ? C'est tellement dur... Avec toi, j'ai fait un premier pas... Il faudra encore attendre un peu avant de faire le second !

— Bien sûr, Nathalie. Mais le jour où tu décideras de le rencontrer, je t'aiderai.

— Merci, merci, Tristan. »

Sa voix supplie presque en lui demandant : « Tu me crois quand je te dis que nous avons le même père ?

— Mais oui, Nathalie, je te crois !

— Sinon, si tu l'exiges, nous pouvons faire un test ADN.

— Tu me l'as déjà proposé deux fois, sourit-il. C'est une obsession !

— C'est important, Tristan. »

Il répète : « Je te crois… Des histoires pareilles, ça ne s'invente pas.

— Cela me rend tellement heureuse de t'entendre dire ça, mon demi-frère !

— Ton frère ! C'est notre histoire, et nous allons l'écrire ensemble, affirme-t-il. À ton rythme, sans brusquer les choses. »

Alors, l'émotion le gagne à son tour. Des grosses larmes qu'il laisse jaillir sans essayer de les retenir s'échappent de ses paupières.

Ce frère est encore plus sensible qu'elle.

10.

Tristan refrène l'envie de se lever et de la prendre dans ses bras. Il réalise qu'ils sont ensemble depuis presque deux heures.

« Je ne peux plus traîner..., explique-t-il. Au salon, ils doivent se demander ce qui m'arrive et vont envoyer les pompiers ! »

Au moment de se séparer, ils échangent leurs coordonnées. Nathalie fait semblant de les découvrir alors qu'elle les a déjà toutes. Elle susurre :

« Je n'ai parlé que de moi... La prochaine fois, il faudra tout me dire. Je veux tout savoir sur toi !

— J'ai beaucoup parlé pourtant... Il faut vraiment que je file ! » dit-il après avoir ostensiblement consulté l'heure sur son portable saturé de messages qui le réclament.

Ils se quittent sur le trottoir après une nouvelle embrassade. Tristan aperçoit gros Phiphi, derrière son comptoir. Le clin d'œil appuyé qu'il envoie signifie : « Eh ben mon coco, c'est l'amour fou ! »

Il s'éloigne, revient sur ses pas. Il y a une question qu'il a oublié de lui poser. Il la rattrape en haut des marches du métro :

« Nathalie ! Qu'est-ce que tu vas faire s'il ne veut pas te rencontrer ?

— Je me jette dans la Tamise, ou dans la Seine ! J'ai le choix », plaisante-t-elle. Elle ajoute à peine plus sérieusement : « Mais grâce à mon grand frère, je ne vais pas prendre un bain forcé ! »

Tandis qu'elle disparaît, une voix remonte du tunnel : « Courage avec papa ! »

En traversant l'avenue, il réalise qu'elle n'a pas dit si elle avait un compagnon. Elle a parlé de tout, sauf de cela. La prochaine fois !

Il est presque midi et il fonce au boulot. Mme Favier, une blonde pas commode et jamais contente, n'attend que lui pour qu'il « répare » ce qu'elle appelle les « dommages de la coloriste ». Il n'y en a aucun mais il fait semblant de la plaindre :

« Il faut s'appliquer, Solène, dit-il. Vous avez fait n'importe quoi avec Mme Favier ! Elle est nouvelle dans le métier, il faut lui pardonner, je vais arranger ça », ajoute-t-il avec sérieux.

Solène est dans la maison depuis cinq ans. Elle adresse un clin d'œil à son patron et s'excuse auprès de la vieille Favier qui, Tristan le sait d'avance, laissera « généreusement » un pourboire de cinq malheureux euros.

« Vous êtes entre de bonnes mains », dit-il.

En encaissant Mme Favier (trois cent dix euros la couleur plus la coupe) et alors qu'il se précipite sur Mme Richet, qui « l'adore », Tristan n'a en tête que sa demi-sœur.

Il ne lui a pas dit qu'il déjeune avec son père aujourd'hui.

11.

Judith ne tient pas en place dans l'appartement londonien de Chelsea. Nathalie l'a prévenue par un rapide texto « Je le vois, il arrive ». Depuis, rien. Silence complet alors que le rendez-vous de sa mère avec Tristan Delaporte a commencé depuis deux heures. Soit il a mal tourné et Nathalie hésite à la rappeler, soit ils discutent encore et tout va bien.

Impatiente, elle a envoyé un « *So what ?* » resté sans réponse.

Elle en veut à sa mère de jouer ainsi avec ses nerfs.

Elle s'agace, l'histoire de Nathalie est aussi la sienne, il ne faudrait pas qu'elle l'oublie. N'ont-elles pas été complices, se partageant les recherches sur les Delaporte ? Ne l'a-t-elle pas poussée à continuer quand elle songeait à laisser tomber ? C'est même Judith qui, la première, a pensé à contacter Tristan, l'aîné, pour infiltrer la famille. Elle aurait dû insister davantage pour l'accompagner à Paris. Mais elle a obéi aux injonctions de sa mère. « Nous deux, ça ferait trop. Il faut les prendre en douceur. Sinon, nous n'y arriverons pas. Tu viendras ensuite ! »

Sa mère a raison, l'entreprise est périlleuse, il ne faut pas les heurter de front. Nathalie est maligne, elle saura s'y prendre.

Le tintement de son portable retentit enfin.

Nathalie vient de lui envoyer un émoticône avec un pouce levé.

Elle n'y répond pas, préférant attendre plus tard que sa mère lui raconte tout en détail.

Judith se tourne vers le mur du salon. Il a été débarrassé du grand tableau de fleurs pour laisser la place à une dizaine de photos reliées par des fils rouges. Dix visages qui résument les Delaporte. Dessous, une fiche très détaillée sur chacun, écrite à l'encre violette, qu'elle s'amuse à relire pour calmer son impatience. C'est elle qui a composé l'ensemble.

On sonne à la porte.

Judith se précipite. L'homme auquel elle ouvre est grand, costaud, les yeux noirs, avec une barbe de quelques jours.

« Nathalie est toujours à Paris », sourit-elle.

Ils s'embrassent. Elle laisse sa main glisser dans sa culotte puis l'amène jusqu'à sa chambre.

« La nuit est à nous ! »

Il demande : « La situation ne te gêne pas ? »

Elle répond : « Je ne suis pas jalouse, chéri.

— "Chéri", c'est aussi comme ça qu'elle m'appelle ! »

12.

« Tu connais Jean-Pierre…, commence-t-il. Avec lui, tout est possible. »

À peine débarrassé de Mme Richet, Tristan informe son cadet. Il lui narre dans le détail sa longue rencontre avec Nathalie.

« Deux heures ! Putain, tu as du temps à perdre, s'exclame Julien. Moi, je l'aurais envoyée balader depuis longtemps ! »

Tristan choisit de ne pas réagir à cette remarque.

« Jamais je n'aurais pensé avoir une demi-sœur. Mais bon, mon cher frère, il faudra que tu fasses avec ! La famille s'agrandit, frangin…

— Ne m'appelle pas frangin, j'ai horreur de ça ! »

Julien le laisse poursuivre sans l'interrompre, mais il se braque aux derniers mots de son aîné.

« Tu ne trouves pas que c'est trop beau pour être vrai ? Que tu es naïf ! »

C'est le mot « naïf » que Tristan ne supporte pas. Il s'agace :

« Ça t'arrive de voir les choses d'une manière positive ? Nous avons une demi-sœur. Au lieu de te lamenter, attends de voir ce qu'elle a dans le ventre.

— Oui, tu es un grand naïf, s'entête Julien. Tu t'es fait avoir comme un bleu. Depuis que tu es gamin, rien n'est jamais important ni grave pour toi. Réveille-toi, putain.

— Me réveiller de quoi ?

— C'est n'importe quoi, ton histoire à la con !

— À la con ?

— Il y a danger, et toi tu souris comme un con ! Avoue que cette histoire te plaît.

— Arrête de flipper ! Et arrête de me traiter de con. Oui, cette femme me plaît, comme il me plaît de découvrir une sœur à quarante-huit ans ! Arrête de voir le mal partout. »

Julien se calme :

« Elle est comment ? Elle ressemble à quoi ? »

Tristan s'apaise à son tour.

« Sympa, vraiment sympa. Je l'ai trouvée attachante.

— Donc tu es certain qu'elle est la fille de Jean-Pierre ?

— Franchement, oui. Physiquement, en plus, c'est le portrait craché de Paulette.

— Si elle ressemble à notre tante… », ironise Julien.

Tristan pousse un dernier argument :

« Elle a la fossette des Delaporte. »

Julien se braque de nouveau :

« Reviens sur terre, Tristan. Cette femme va se jeter sur notre héritage. Et toi, tu lui en ouvres grand les portes. S'il y a un con dans l'histoire c'est bien toi !

— Calme-toi, putain ! Tu penses tout de suite au pognon ! Je te signale que Nathalie est déjà riche.

— Qu'est-ce que tu en sais ?

— Elle me l'a dit, ment-il, et ça saute aux yeux. »

Tristan insiste pour que son frère la rencontre.

« Au moins, tu te feras ta propre opinion.

— Mon opinion, je l'ai déjà. Qu'elle soit notre sœur ou pas, c'est une arnaqueuse qui n'en veut qu'au fric des Delaporte. Papa va réagir pareil. Il n'est pas dupe. Au fait, tu as un test ADN ?

— Elle va le faire. C'est même elle qui me l'a proposé.

— Comme par hasard, y a pas de test…

— Elle n'allait quand même pas venir avec !

— J'exige qu'elle s'y soumette. C'est une priorité.

— Elle s'y est engagée !

— Et tu la crois ?

— Oui ! »

Julien éclate de rire :

« Après, on la virera ! »

C'est sur un « À suivre, frangin » que Julien clôt la conversation.

13.

Les deux frères sont tellement différents l'un de l'autre. Physiquement, d'abord. Tristan est grand, mince, musculeux, blond comme son père. Julien est plus trapu, les épaules larges, brun comme sa mère.

Le cadet est le fils raisonnable, sérieux jusqu'à en être insensible, l'aîné est le fantaisiste, l'extravagant, le jouisseur. L'homme d'affaires et l'artiste. La preuve est que Tristan a fait le choix d'un métier improbable, a divorcé deux fois, multiplie les liaisons, il proclame qu'il ne veut pas s'embarrasser d'enfants, ses comptes bancaires sont souvent dans le rouge, et sans que cela le perturbe. Il flambe.

Julien est tout le contraire. Le fils appliqué, celui qui a fait HEC, programmé pour reprendre l'entreprise familiale. Maintenant que son père a passé la main, il la gère au cordeau. Dès sa prise de fonction, il a entamé les mesures nécessaires pour en faire une boîte encore plus rentable. Il a taillé dans les budgets, écarté les inutiles, maximisé les filières d'approvisionnement, pris des locaux à Aubervilliers. Jean-Pierre, mécontent de ce choix nécessaire d'emplacement excentré, n'a pas daigné les visiter. C'est vrai que ceux du 12e arrondissement, vétustes et peu pratiques, avaient plus de charme, et c'est là que l'empire Delaporte s'est bâti.

Julien a eu beau tenter de lui expliquer que ce bâtiment était un handicap majeur à leur développement quand se pointent des concurrents chinois qui ne pensent « qu'à nous bouffer », Jean-Pierre n'a même pas voulu savoir le prix qu'il en avait tiré.

Côté vie privée, rien à voir avec son frère. Il est d'une fidélité exemplaire. Tristan le taquine en disant qu'il est un vilain menteur quand il affirme qu'il n'a jamais trompé Noémie en vingt ans de mariage et qu'ils sont heureux ensemble, avec leurs deux filles, leur hiver à Megève et leur été à Cavalaire.

Julien, pour défier son frère, affirme aimer son métier, sa vie, qu'il n'échangerait pour rien au monde avec celle de Tristan.

« Qu'est-ce que ça me ferait chier de couper des tifs à longueur de journée !

— Tandis que toi, tu construis l'avenir du monde ! En vendant des parfums qui puent. »

Ils sont à 180° l'un de l'autre, mais cela n'empêche pas qu'ils s'entendent parfaitement. Ils se chahutent, se cherchent souvent, se volent dans les plumes. Mais c'est par jeu. Aucun n'a le souvenir de disputes graves. Leur affection est réciproque, puissante.

Des deux, Julien est le seul à réaliser que l'arrivée de cette sœur inattendue risque de briser leur complicité. Cette femme va les diviser, voire les opposer.

C'est ce qui lui a fait le plus mal quand il a compris que son frère s'était entiché de cette Nathalie Fitzgerald.

14.

À ce stade du récit, il est important d'évoquer le père, Jean-Pierre Delaporte, qui en cet instant sort sur son balcon de la Madeleine avec un double expresso.

Qu'il ait des enfants adultérins n'étonnera personne. Son ex-femme, Frédérique, la dernière, a divorcé parce qu'elle ne supportait plus ses infidélités. Il est fort probable que Nathalie ne soit pas sa seule progéniture conçue hors mariage.

À soixante-quinze ans, Jean-Pierre reste un bel homme, grand, toujours mince (il surveille son poids avec la régularité d'un métronome), la chevelure grise épaisse, les yeux bleu pétrole, les joues couvertes d'une barbe légère – il ne fait pas son âge. On lui donne dix ans de moins, minimum. Il est élégant, soigne son look de « jeune homme » en portant un jean délavé, un tee-shirt noir et des Nike blanches aux pieds.

À son menton, la marque des Delaporte.

Il aime toujours autant plaire et cache qu'il est septuagénaire pour séduire de belles femmes de trente ans de moins que lui. Il les emmène en week-ends (« inoubliables », prétend-il) dans des Relais & Châteaux où il choisit toujours la meilleure chambre.

Quand il le faut, il sait en mettre plein la vue. Il dit qu'il laissera suffisamment d'argent à ses héritiers, que le fric est fait pour être dépensé, et qu'il est content de payer sans compter pour des « week-ends extras en amoureux ». Il ajoute, espiègle : « Je n'emporterai pas mon fric dans la tombe ! »

Jean-Pierre est un jouisseur et ne s'en cache pas.

Il s'adonne toujours au golf, sport pour lequel il conserve un beau touché, même si Tristan a noté que son drive était moins long et moins puissant qu'avant. Tristan a préféré se taire sur le sujet, car son père se montre très susceptible sur la question du vieillissement. Cela dit, en dépit de tout le respect qu'il doit à « son grand âge », Tristan ne se prive jamais de le battre. Jean-Pierre sait que son fils est maintenant plus fort et il n'aimerait pas qu'il le laisse gagner.

Il fut ce qu'on appelle un grand chef d'entreprise, ayant même eu droit à la création d'une page Wikipédia sur laquelle apparaît son titre de vice-président du Conseil national du patronat français. Il a mené sa firme de cosmétiques au sommet. D'où la vocation de coiffeur de Tristan, se moque-t-il, affichant sa satisfaction que, par miracle, il ne soit pas homo puisque, selon lui, « il n'y a que des tapettes dans la profession » !

Il a décroché il y a cinq ans et la boîte familiale a été reprise par le fils cadet, Julien. Contrairement à ce qu'on pourrait penser, il le laisse gérer à sa guise et ne se mêle plus de l'affaire qu'il a créée. « Tant que je touche mes dividendes, tout va bien », dit-il avec sincérité. Il se passionne maintenant pour les marchés boursiers. Faut avouer qu'il a du pif. « On peut se faire un max de pognon sans bouger de son fauteuil. »

Il fait très attention à sa santé, s'astreignant chaque année à un check-up complet à l'Hôpital américain. Cet examen sur deux jours coûte une blinde et le rassure.

Jean-Pierre vit seul dans un superbe appartement de l'avenue Malesherbes dans le 8e arrondissement. C'est un penthouse qu'il loue neuf mille euros avec sauna, salle de sport équipée d'appareils dernier cri, et jacuzzi sur la terrasse qui donne sur l'église de la Madeleine. Ses deux fils aiment imaginer leur père, tel Hugh Hefner, une flûte de champagne à la main, avec une nana aux seins refaits à ses côtés.

Bref, entre la villa de La Baule, ses voyages dans les Relais & Châteaux et ses nombreuses maîtresses, leur père a la vie belle et mène grand train. Sans les récriminations permanentes de son ex-femme, elle serait encore plus belle. Il ne comprend toujours pas pourquoi elle continue à lui en vouloir. « Plus je la gâte, plus elle se plaint, plus elle me fait chier », dit-il. Rien que pour le plaisir de la mettre en colère, il l'encourage à prendre un gigolo.

Cependant, une préoccupation le hante souvent : combien de temps cette existence dorée va-t-elle durer ? Il affirme être en superforme, avoir encore plein de choses à découvrir – ou « à assouvir ».

Il a confié à Tristan qu'il n'a pas peur de la mort, mais de la décrépitude qui accompagne la vieillesse. Un jour, il lui a demandé de lui mettre une balle dans la tête ou de lui faire avaler de la mort-aux-rats s'il finissait en chaise roulante. Ou gâteux. Il s'est juré de ne jamais mettre les pieds dans un Ehpad.

Pour l'instant, il tient, et magnifiquement bien.

15.

Depuis des années, le père et le fils déjeunent tous les premiers mercredis de chaque mois dans le même restaurant, chez Foc ly. Ils commandent toujours les mêmes plats. Un bò bún nems chacun, puis en dessert du riz-coco avec des mangues fraîches. Comme le vin n'est pas à la hauteur ou beaucoup trop cher (selon Jean-Pierre, bien sûr), ils prennent une bière Tsingtao. Puis, une seconde…

La plupart du temps, Jean-Pierre se laisse inviter, disant : « Tu mets la facture sur le compte de ton salon. »

Jean-Pierre se fait systématiquement attendre une vingtaine de minutes. Pourtant Tristan arrive à 13 heures pétantes. Il a lu, un jour, que les gens ponctuels étaient des psychopathes, et ça lui plaît. Quant à ceux qui arrivent systématiquement en retard, ce sont des nombrilistes, c'est tout le portrait de Jean-Pierre !

Tandis qu'il attend, Tristan ne cesse de penser à Nathalie, imaginant la réaction de son père. Il n'a pas de plan de bataille pour lui annoncer son existence. Il va avancer prudemment. D'ailleurs, elle-même n'est pas encore décidée à ce qu'il l'apprenne.

Le voilà enfin qui débarque à 13 h 25.

Jean-Pierre ne s'excuse pas et accuse les embouteillages et les travaux « de la merde de Paris ».

« Prends le métro, c'est direct !

— Jamais ! »

Il embrasse son fils.

« Toujours dans la coiffure ? Et toujours pas pédé ? » C'est sa blague favorite qu'il répète chaque fois qu'ils déjeunent ensemble et qui lui arrache un éclat de rire. Jean-Pierre, on l'a compris, est un homme très content de lui.

« Ça marche bien, je n'ai pas à me plaindre. Quant à être homo, si ça peut te faire plaisir… » Tristan n'évoque plus l'ouverture prochaine de nouvelles franchises. Son père s'en moque. À son hochement de tête dubitatif, Tristan ne peut que constater, une nouvelle fois, que son choix professionnel n'est pas ce dont son père rêvait pour lui. En revanche, il accepte sans problème que Sabine lui coupe les cheveux tous les mois, gratuitement bien sûr.

Tristan a droit ensuite au montant de ses gains en bourse. « Exactement 2 324 euros en une semaine ! » Puis il distille ses quelques précieux conseils. Aujourd'hui : « Achète du Paribas et du Vivendi, c'est sans risque et ça va grimper. »

Tout au long du déjeuner, Tristan cherche l'ouverture, le moyen d'aborder le sujet des amours passées de son père à La Baule. Mais il ne sait pas comment en apprendre plus sur la mère de Nathalie sans éveiller les soupçons de Jean-Pierre.

Tandis qu'ils traversent l'avenue en direction du salon, Tristan se lance enfin.

« C'est tout petit, à l'époque où nous passions nos vacances à La Baule, que j'ai trouvé ma vocation.

— Quelle vocation ?

— Celle de la coiffure.

— Au moins tu n'es pas devenu pédé !

— C'est une obsession chez toi ! Faut évoluer, Jean-Pierre ! Dis-moi franchement, tu n'es jamais parti en week-end avec un homme ?

— Ah, ça, aucune chance, surtout à La Baule. »

Ils rient de bon cœur à leur petit jeu.

Tristan poursuit :

« Tu as compté le nombre de liaisons que tu as eues là-bas ?

— Deux ou trois par an, je te laisse faire la multiplication, se vante-t-il.

— Tu te souviens de toutes ?

— De certaines, bien sûr. Je sais ce que tu penses, Tristan… Que ton père est un abominable baiseur fou. Mais c'est faux. J'ai eu de véritables histoires d'amour.

— J'aimerais bien un jour que tu m'en parles. »

Il s'étonne soudain : « Pourquoi ?

— Un peu par curiosité. Tu as peut-être des enfants cachés !

— Sûrement ! »

Il sourit à pleines dents : « Mais je préfère ne pas savoir combien ! Ça me rendrait malade ! »

« C'est pas gagné », se dit Tristan tandis qu'ils pénètrent dans le salon qui bruit d'activité. Jean-Pierre y est comme chez lui, salué par tout le personnel. Tristan sait d'avance qu'il va faire le beau avec Solène.

« Tu l'as sautée ? a-t-il un jour demandé à son fils en matant son décolleté.

— Évidemment, comme toutes les filles ici, a plaisanté Tristan. Ça s'appelle le droit de cuissage, Jean-Pierre ! »

Tandis qu'il donne un rapide coup de peigne à l'abondante chevelure de son père, il lui semble apercevoir Nathalie. Oui, c'est bien elle qui marche lentement devant son salon. Elle passe et repasse, mais il feint de ne pas la voir.

Il ne peut lui en faire le reproche, sans doute a-t-elle envie de voir son géniteur. Comment sait-elle qu'il est là, comme tous les premiers mercredis du mois ?

Il met cela sur le compte du hasard. Nathalie est chanceuse, c'est sa journée !

16.

Les jours passent. Une semaine, deux, bientôt trois. Nathalie ne donne toujours pas de nouvelles. Tristan se fait violence pour ne pas l'appeler et lui montrer son impatience. Il veut lui laisser l'initiative.

Oui, reconnaît-il en lui-même, il a hâte de la revoir. Leur rencontre au café lui laisse comme un goût d'inachevé. Il a besoin d'en apprendre davantage, de resserrer les liens avec cette sœur qui l'a conquis et qui lui manque déjà.

Face à son silence, il tente de se raisonner. Après tout, cette histoire est celle de Nathalie plus que la sienne. Peut-être a-t-elle choisi de ne pas la poursuivre, la trouvant trop lourde à porter et tellement incertaine.

À sa place, peut-être aurait-il reculé lui aussi.

Son vrai père n'est pas Jean-Pierre Delaporte mais celui qui l'a aimée et élevée comme son propre enfant. Elle a abandonné la quête de son géniteur par respect pour cet homme, cet autre père qu'elle a aimé. Tristan pense surtout qu'elle a peur d'être déçue, voire rejetée. Il se reproche d'avoir brossé un portrait trop dur de son père.

Peut-être l'a-t-il effrayée en racontant les multiples liaisons estivales de Jean-Pierre. Son égoïsme aussi.

Après leur déjeuner, Tristan lui a fait citer quelques noms de maîtresses dont il se souvenait. Une dizaine lui sont revenus mais pas celui de Marielle. Tristan a même tenté : « J'ai le vague souvenir d'une certaine Murielle, ou peut-être Marielle. »

Non, ce prénom ne disait rien à son père. Il devrait pourtant ne pas avoir oublié une liaison qui s'est poursuivie au-delà de l'été...

Il s'interroge sur la démarche de la mère de Nathalie. Elle aurait avoué son adultère pour obéir aux dernières volontés de son mari mourant. Pourquoi a-t-elle provoqué un tel chaos ? N'aurait-elle pas plutôt dû protéger la fragilité de sa fille ? Si cette histoire redémarre, il insistera pour la rencontrer vite. D'autres questions l'assaillent. Éprouve-t-elle encore de l'amour pour Jean-Pierre ? Peut-être en révélant ce secret à ses enfants cherche-t-elle à renouer avec lui ?

Tristan déteste le sentiment d'avoir été abandonné au milieu du gué. La question de savoir où est Nathalie et pourquoi elle se tait devient obsédante.

Il se donne une échéance. Si d'ici l'anniversaire mensuel de leur première et unique rencontre il n'a pas de nouvelles de sa demi-sœur, il l'appellera.

Julien et Tristan se sont parlé au téléphone hier soir. Le cadet voulait savoir où en était cette histoire « à la con ».

Il a éclaté de rire quand Tristan lui a dit qu'il n'avait aucune nouvelle.

« Sûr qu'elle ne va pas t'oublier. Quand y a du fric à prendre, les escrocs ne sont jamais loin ! C'est un sacré coco, notre père ! À baiser à couilles rabattues ! On doit avoir un paquet de frères et sœurs sur cette terre ! »

Il a ajouté :

« La prochaine fois que vous avez rendez-vous, je t'accompagne, j'ai envie de voir à quoi ressemble notre sœur adorée.

— "Adorée", tu n'exagères pas un peu ?

— Ah, non, je l'adore déjà. »

Il a poursuivi, perfide :

« J'ai toujours eu une passion pour les voleuses d'héritage !

— Connard !

— Pour ton plaisir, frangin.

— Ne te fatigue pas… Pour l'instant elle est aux abonnés absents, ce n'est pas sûr qu'on la revoie. »

Un mois est passé depuis leur premier rendez-vous. Alors, comme décidé, il téléphone. Il tombe sur sa messagerie en anglais.

Ne trouvant pas les mots, il annonce : « Bonjour toi ! Je venais aux nouvelles, rappelle-moi à l'occasion. »

À peine a-t-il raccroché que son téléphone s'allume. C'est elle.

Il adopte un ton détaché : « Comment vas-tu, Nathalie, depuis l'autre jour ?

— Mal, très mal, Tristan. Je te rappellerai », promet-elle.

Elle raccroche sans qu'il puisse ajouter quoi que ce soit.

Au bout de quatre messages, il n'insiste plus.

17.

Les jours suivants, tous les messages de Tristan restent sans réponse. Il est au salon quand Nathalie le rappelle enfin, trois semaines plus tard.

« Bonjour, Tristan. »

Elle n'arrive pas à contenir son émotion.

Un interminable silence s'installe, qu'aucun n'ose rompre. Elle lâche enfin, comme une délivrance : « Je suis désolée de ne pas t'avoir rappelé avant.

— Ce n'est pas grave. »

Il s'efforce de ne montrer aucun signe d'impatience.

« J'avais besoin de réfléchir avant de me lancer, explique-t-elle. Rencontrer Jean-Pierre sera un choc beaucoup plus fort que je ne le pensais. Je te parle franchement Tristan, j'hésitais à poursuivre cette relation qui bouleverse tant de vies, la mienne en premier. »

Elle pleure, s'excuse pour ses larmes.

« Je suis à bout… »

Tristan ne trouve pas les bons mots pour l'aider. Il dit « Il ne faut pas pleurer » et cela ne fait qu'attiser les sanglots de Nathalie. Il n'ose demander ce qu'elle a décidé. Elle finit par annoncer d'un ton ferme :

« Les Delaporte sont ma famille. Jean-Pierre est mon

père. Je voudrais renouer avec vous tous. Il m'a fallu un mois pour en prendre conscience. »

Elle ajoute après un bref silence :

« J'espère qu'il n'est pas trop tard…

— Bien sûr que non, Nathalie. »

Il propose de l'aider, lui demande ce qu'il peut faire. Elle répond qu'elle n'en a pas besoin, mais que « c'est très gentil de sa part ».

Il se réfugie dans son bureau, à l'étage, tandis que Nathalie n'en finit plus de déverser des excuses concernant son attitude, ses larmes, parce qu'elle affiche sans pudeur son désir de voir son père. « J'ai besoin de lui, je le sens au plus profond de moi », explique-t-elle.

Ses paroles sont tellement brouillées de pleurs qu'il ne défriche rien dans ce qu'elle dit, sauf ses derniers mots : « Je n'ai plus de papa, Tristan. »

Sa douleur est si palpable que, dans un élan de tendresse, il la rassure du mieux qu'il peut :

« Nous sommes là, Nathalie. Tu as une famille.

— Merci, Tristan… Tu n'imagines pas à quel point ton soutien m'est précieux.

— Notre soutien…

— Je suis à Paris pour le travail, est-ce que je peux venir te voir ? »

Il n'a pas à se forcer pour répondre : « Bien sûr. »

Tristan déteste être confronté au malheur, au désarroi des autres. Il ne sait quelle attitude adopter face à la tristesse. Il voudrait tellement que les moments de la vie ne soient qu'heureux. Il faut reconnaître que, sur ce point, la vie l'a plutôt gâté. Jusque-là, en tout cas.

18.

Tristan s'étonne : c'est fou à quel point cette sœur n'arrête pas de s'excuser. Elle a demandé pardon pour ne pas l'avoir appelé avant, pour ses larmes, pour avoir dit « mon » père au lieu de « notre »…

Même au moment de s'asseoir face à lui, elle demande pardon à leurs voisins, obligés de déplacer leur siège pour la laisser passer.

Il s'en amuse : « Tu n'as rien à te faire pardonner !

— C'est dans ma nature, j'ai toujours peur de déranger, explique-t-elle. C'est pour cela aussi que j'ai mis deux ans avant de te contacter. Je ne voulais pas gêner. »

Il a convié Nathalie chez Foc ly. Elle consulte la carte.

« Je ne sais pas quoi prendre, tout a l'air bon !

— Je t'invite ! »

Elle tente de refuser, mais Tristan insiste :

« Non, non, pas question ! Je suis tellement content de te revoir.

— Et moi donc ! Je suis heureuse que tu aies pris l'initiative de me rappeler. Je ne l'aurais peut-être pas fait… »

Ils parlent de tout et de rien, comme s'ils s'étaient quittés la veille. Tristan s'informe sur Judith, sur comment est Londres en ce moment. Elle sourit :

« Tu es bien curieux, mon frère ! »

Elle évoque sa mère, qui l'encourage, elle aussi, à se rapprocher de Jean-Pierre.

« Pour maman, dit-elle, cette histoire est derrière elle. D'ailleurs, elle a décidé de quitter le Nord.

— Pour aller où ?

— Dans le sud de la France, avec son ami. »

Il s'étonne :

« Ta mère a un compagnon ?

— Oui, depuis plus d'un an maintenant. Stéphane. Un copain de mon père. Lui aussi est veuf et ils ont décidé de se mettre ensemble.

— Ils ont trouvé quelque chose dans le Sud ?

— Pas encore. Mais ils veulent aller sur la Côte d'Azur. Ou peut-être à l'île Maurice…

— Les paradis des retraités ! J'ai un copain agent immobilier dans le coin, si tu veux ses coordonnées.

— Je crois que ce n'est pas nécessaire, mais je demanderai à maman. »

Nathalie change de sujet :

« Elle adore le soleil. Sa peau est si belle quand elle est bronzée.

— Et toi ? ose enfin Tristan en ignorant cette précision. Tu as un amoureux dans ta vie ?

— Non, malheureusement. »

Nathalie préfère ne pas évoquer Robert. On a plus envie de soutenir une femme solitaire, pense-t-elle.

Elle accepte un verre de vin rouge qu'elle apprécie visiblement. Comme le ferait un professionnel, elle fait tourner le liquide dans son verre, le hume, avant d'y tremper ses lèvres.

Elle examine l'étiquette :

« Un bordeaux de 2013, tu me gâtes, mon cher demi-frère ! C'est trop !

— Avec ma demi-sœur, jamais ! »

Tristan la regarde avec attention. Son visage est fin, ses yeux pétillent, son teint est éclatant. Nathalie est plus qu'une belle femme. Tout en discrétion, élégante, elle irradie. Sa coiffure, en revanche, n'est pas trop à son goût. Trop en désordre... Il note aussi quelques cheveux blancs qu'il faudrait effacer. Sa couleur est ratée.

En professionnel, il lui dit en ramenant sa frange en arrière :

« Après le déjeuner, je t'emmène au salon, que je rectifie un peu tout ça ! »

Une sympathique convivialité s'installe entre eux tandis qu'ils partagent une assiette de nems. Elle installe délicatement une feuille de laitue et de la menthe, lorsqu'elle s'interrompt soudain :

« Tu as parlé de moi à notre père ?

— Non, pas encore, j'attendais de te revoir. Comme je n'avais pas de nouvelles, j'ai tout laissé en plan. Mais je me suis inquiété.

— Pardon, pardon. Je suis inexcusable.

— Tu es pardonnée.

— Comment va notre père ?

— Bien, en pleine forme, comme toujours. On dirait Superman ! »

Il garde pour lui qu'il revient d'un week-end amoureux en Sologne dont il a raconté à son fils les péripéties avec une blonde incendiaire.

« J'espère qu'il ne sera pas fâché, lâche-t-elle.

— Fâché ?

— Oui, d'apprendre qu'il a une fille.

— Je ne peux répondre à sa place…, réplique-t-il. Mais, le connaissant, il va bien sûr être réticent au départ. C'est normal, car ce n'est pas tous les jours qu'on apprend qu'on a une fille de quarante et quelques années.

— Quarante-cinq.

— Et une troisième petite-fille !

— Et ton frère… Il sait ?

— Oui, je lui ai parlé de toi.

— Et alors… Il a réagi comment ? demande-t-elle en tremblant.

— Bien, très bien même, ment Tristan. Il sera très heureux de te rencontrer.

— Tu es vraiment sûr que Julien sera content ? »

Tristan s'étonne :

« Tu connais son prénom ?

— Je l'ai trouvé sur Internet…, sourit-elle. Ta famille est célèbre, tu sais, plus que la mienne. »

Elle ferme les yeux, puis les rouvre en le fixant intensément :

« C'est décidé, Tristan. Il faut que je voie notre père, et peu importe ce qui se passera ensuite. »

Tristan lui promet qu'il sera là.

« Mais pour la suite, je ne m'engage à rien… Avec Jean-Pierre, c'est tout ou rien. »

19.

« J'en ai rien à faire de cette bonne femme », dit-il en préambule.

Tristan le tance :

« Faut assumer, Jean-Pierre. Comme un grand garçon de soixante-quinze ans. »

Le fils a fait mouche. Son père n'aime pas qu'on lui rappelle son âge. Alors il grogne, puis il ajoute, histoire d'agacer son fils :

« Justement, je suis un vieux monsieur qui n'a pas besoin d'une gamine.

— Une gamine de quarante-cinq ans...

— Ta mère m'a donné deux garçons, c'est parfait et ça me suffit largement. » Il ironise : « J'ai assez d'emmerdes avec vous deux ! »

Puis, afin de bien chauffer son aîné, il ajoute : « Elle va vous piquer mon héritage. D'ailleurs, je suis sûr que Julien partagera mon avis. »

Tristan décide de nouveau de mentir.

« C'est le contraire, il a hâte de la voir. »

Leur petit jeu pourrait durer longtemps si Tristan n'y mettait fin :

« Bon tu veux la rencontrer, oui ou non ?

— C'est oui, bien sûr ! Pourquoi tu demandes ?

— Je n'en peux plus de toi... »

« Je vais passer voir Solène, annonce le père tandis qu'ils attendent que le feu piéton passe au vert. Il faut que je sois présentable avant de rencontrer cette femme.

— Ta fille, rectifie Tristan. Elle a le même âge que Julien... Tu réalises que tu as eu deux enfants la même année ? Champion... »

Jean-Pierre ne réagit pas, l'esprit occupé à tenter de se souvenir de cette Marielle.

C'était donc l'été quatre-vingt pour cette fille. Il lui faudrait une photo pour se rappeler cette femme, ces vacances-là. Il a un repère qui devrait l'aider à se souvenir : en 1980, Frédérique, son ex-épouse, était sur le point d'accoucher de Julien, et Tristan avait trois ans.

« Je n'aurais jamais fait un enfant dans le dos de ta mère... Je ne suis pas un goujat, affirme Jean-Pierre.

— Pas sûr..., répond son fils. C'est bien ton genre ! »

En plus, ce prénom, Marielle, ne lui dit toujours rien. Alors, tandis qu'ils traversent l'avenue, il invente. Il s'amuse, s'inspirant des souvenirs de plusieurs autres maîtresses, beaucoup plus présentes dans son esprit. Il lui confie avoir la nostalgie des moments intenses et... divertissants passés avec cette Marielle.

« Qu'est-ce que nous avons pu rire quand nous nous échappions en cachette pour faire l'amour dans les endroits les plus invraisemblables, histoire de pimenter notre liaison.

« Elle était superbe et avait le goût du danger, ajoute-t-il. Elle m'affirmait que son époux était d'une jalousie maladive. »

Jean-Pierre éclate de rire. Il se vante :

« J'en ai fait des cocus !

— Sois sérieux un instant, Jean-Pierre. Tu n'as jamais su que tu avais une fille ?

— Non, jamais. Jamais. Là, je suis vraiment sérieux. »

20.

Le rendez-vous a été fixé au lundi suivant en fin de journée au bar du Plaza, où Jean-Pierre a ses habitudes. Gino, le serveur, lui a gardé sa table un peu à l'écart. Lui, si souvent en retard, s'y est installé une bonne demi-heure avant que Nathalie et Tristan arrivent.

C'est dans son QG qu'il fixe les rendez-vous qu'il pense encore importants. Il aime surtout y traîner à regarder passer les belles femmes, observer les couples illégitimes, écouter les conversations. Jean-Pierre a conservé l'ouïe fine. À l'affût, il est curieux de tout. Cependant, ce soir, il est fébrile, impatient, ne cesse de regarder en direction de l'entrée.

Tout au long du week-end, il a pensé à cette rencontre improbable au point de lui gâcher le sommeil. Lui qui a des nuits si parfaites d'ordinaire. À l'instant où il l'aperçoit, son cœur s'emballe. Il ne voit qu'elle, n'entend que son timide « Bonjour Jean-Pierre » tandis qu'à ses côtés Tristan fait les présentations. Il est comme un gamin. Attendrissant.

Il se méfie de lui-même, ne se laisse pas emporter. Il doit se montrer prudent, attendre. Elle tend la main, mais il l'embrasse furtivement sur la joue. Jean-Pierre se force à maîtriser son émotion. Nathalie, en revanche, est bouleversée. Elle craignait le pire, elle est un peu rassurée. Tristan aussi. Jean-Pierre est si imprévisible qu'il aurait pu se lever, partir sans un mot, la repousser, ou pire, l'injurier. Au contraire, Tristan est stupéfait de l'entendre prononcer : « Merci d'être là, Nathalie. Je suis content de te rencontrer. »

Elle répond qu'elle aussi est heureuse, le remercie d'avoir accepté de la voir, demande encore pardon des bouleversements qu'elle a provoqués dans sa vie et celle de sa famille. Tristan, resté à l'écart comme s'il n'existait pas, croit l'entendre murmurer « papa ».

Il se félicite d'avoir organisé cette rencontre.

21.

Ce n'est qu'une fois chez lui, seul, que Jean-Pierre se demande s'il ne s'est pas un peu précipité, s'il n'a pas manqué de prudence, ou pire, s'il n'a pas été ridicule.

Il repense à l'instant où ils se sont séparés une heure et demie plus tôt, à cette phrase si théâtrale qui lui a échappé : « À la vie, à la mort. » Cette phrase qui était la promesse qu'il l'acceptait déjà comme sa fille.

Rien, pourtant, ne laissait présager que cette rencontre se terminerait de façon aussi émouvante et spectaculaire. Seul sur sa terrasse, cigare en bouche, il s'en veut. Il se refuse à admettre que cette femme l'a impressionné, ou tout simplement conquis. Son allure, sa réserve, son sourire délicat, sa fragilité, tout lui a plu. Il a surtout été frappé par la ressemblance avec Paulette, sa sœur aînée qu'il aimait tant, décédée dix ans plus tôt.

Celle qu'il considère déjà comme sa fille avait commandé un thé vert, lui un cocktail de fruits et Tristan, après avoir hésité, un Aperol Spritz. Le silence s'était imposé, ni elle ni lui ne sachant comment le rompre. Heureusement, Tristan l'avait encouragée à raconter son histoire. Elle s'était lancée, s'interrompant seulement pour siroter son thé, par petites gorgées, et regrettant parfois d'oublier quelques détails. Tristan était présent, témoin du moment, mais c'était comme s'il n'y avait qu'eux deux.

À ses gestes, Jean-Pierre tentait de se souvenir de cette Marielle, sa mère. En vain.

Il a posé peu de questions : le récit de Nathalie était précis et cohérent. Elle l'a ému quand elle a évoqué son père, du moins, a-t-elle aussitôt rectifié, celui qui l'a élevée. À l'écouter, c'était un homme droit et aimant.

« Il savait que je n'étais pas sa fille mais il m'a élevée comme telle. Avec beaucoup d'affection. »

Nathalie a beaucoup parlé de sa mère. Jean-Pierre a réclamé une photo. Il a feint de la reconnaître. « J'ai aimé ta maman », a-t-il menti.

Nathalie n'attendait que ça pour pleurer de nouveau.

Gino, sur un signe de Jean-Pierre, est accouru avec des mouchoirs.

« Maman respectait son mari, a-t-elle dit après un instant d'hésitation, mais je crois qu'elle aussi vous a aimé. »

Pour masquer son trouble, il a ordonné :

« Il y a interdiction de se vouvoyer, Nathalie. N'oublie pas ! »

Elle a montré la photo de sa fille.

« Je lui ai tellement parlé de toi qu'elle veut à tout prix te connaître.

— Elle s'appelle Judith », est intervenu Tristan.

Elle s'excuse encore d'avoir oublié à Londres d'autres photos de Marielle jeune que Jean-Pierre réclame. Nathalie parle de sa magnifique chevelure blonde. Elle sort une petite boîte en nacre de son sac.

« C'est pour toi, a-t-elle murmuré. Maman me l'a confiée. Elle ne me l'a pas dit, mais je pense qu'elle voulait que je te la donne. »

Il l'ouvre délicatement et découvre à l'intérieur une mèche brune. Plus tard il la déposera sur sa table de nuit.

Les lumières de Paris sous ses yeux, il revit l'instant où ils allaient se séparer et où elle a glissé à son oreille « À bientôt, papa ». Il se moque bien de savoir si Tristan a entendu sa sœur.

« Ne t'emballe pas », se jure-t-il. Déjà conquis.

22.

Julien a bossé toute la journée comme un malade sans avoir une minute à lui. Il est habitué à ce rythme infernal et il adore ça. Julien est fait pour le travail et ne s'en lasse jamais, alors que Noémie, sa femme, l'exhorte à lever le pied. Quand elle s'en plaint, lui reproche de ne pas être assez présent auprès de leurs deux filles, il promet de faire un effort. Mais le boulot le rattrape toujours. Levé à 6 heures, il en sort éreinté et content au plus tôt à 20 heures. C'est que la concurrence étrangère, « ces enfoirés de Chinois », n'a jamais été aussi menaçante.

C'est un texto de Tristan qui lui a rappelé la rencontre avec Nathalie au Plaza. Avec sa masse de travail, il l'avait oubliée. Il lit : « Jean-Pierre a été au top de sa forme. Cela s'est super bien passé, mieux que je ne pouvais espérer. » Ce qui a le don d'agacer Julien, bien qu'il sache qu'avec leur père il faut se préparer à tout.

Il attend d'être tranquille, au volant de son SUV Mercedes sur le périphérique, pour appeler son frère.

« Raconte ! lance-t-il aussitôt quand Tristan décroche.

— Bonjour, mon très cher frère, le reprend Tristan.

— Vas-y », insiste Julien.

À écouter Tristan, leur père a été bluffé, pour ne pas dire conquis, par cette Nathalie.

« Je n'ai pratiquement pas dit un mot. La rencontre a duré plus d'une heure et j'ai dû y mettre fin pour qu'il ne s'éternise pas. Franchement, je commençais à en avoir marre !

— Marre ? À ce point ?

— Ouais, c'était comme si je n'existais pas. Et puis son histoire, sa mère, son paternel, tu sais "le sans-couilles".

— C'est dingue. Et comment cette femme s'est comportée avec lui ?

— Ça ne va pas te plaire mais "cette femme", comme tu dis, a été parfaite. Il faut dire qu'elle est très attachante. Vraiment sympa et elle n'en fait pas des tonnes dans le genre "je suis tellement heureuse d'avoir retrouvé mon père". Non, elle s'est montrée plutôt discrète, pleine de charme. Elle a pas mal pleuré aussi, au point que Jean-Pierre en était tout bouleversé. D'ailleurs, dès qu'il l'a vue, il lui a dit qu'elle était le portrait craché de tante Paulette.

— Donc, pour résumer, notre père est sous le charme ?

— Ouais… Tu connais Jean-Pierre, il ne se dévoile pas facilement. Je pense que cette rencontre l'a vraiment troublé.

— Cette femme est une sacrée comédienne ! Il va la revoir ?

— Pour moi, ça ne fait aucun doute, même s'il ne m'a rien dit. Cette sœur, il va falloir que tu te la farcisses, mon cher frère !

— Demi-sœur !

— Ça va en faire du monde au repas de Noël ! Sans compter les cadeaux que tu vas devoir faire à ta nièce toute neuve.

— Rappelle-moi, comment elle s'appelle, celle-là ?

— Judith.

— Comme celle qui a tranché la tête d'un mec dans la Bible ?

— C'est elle tout craché, faudra te méfier, frangin ! »

Julien ajoute :

« Si on lance des recherches, on va en découvrir un paquet de frères et de sœurs. Tu sais, comme ce type, un Canadien, qui a donné son sperme et s'est retrouvé avec une ribambelle de gamins. »

Tristan éclate de rire. Il poursuit plus sérieusement :

« Je sais que tu as du mal avec cette histoire. Pour l'instant, papa est conquis. Tu le connais, il s'entiche des gens et tout aussi vite il laisse tomber. Si tu veux un conseil : tu n'as qu'une chose à faire, c'est attendre. Soit elle disparaîtra du paysage, soit tu devras l'accepter. Mais dis-toi que, quitte à avoir une sœur, ça aurait pu être pire.

— Tu penses que papa est convaincu que c'est sa fille ?

— C'est sa fille, Julien. Mais il faudra lui poser la question… Pour moi la réponse est "oui". Quant à savoir s'il va l'adopter, lui seul a la réponse.

— Il est urgent que je la rencontre », conclut Julien.

Mais avant, il a bien l'intention de mener sa petite enquête.

23.

Tristan n'a pas voulu téléphoner à son père. Il a laissé faire Julien, qui l'a appelé aussitôt après.

« J'ai le même sentiment que toi. Il ne doute pas qu'elle soit sa fille, même s'il exige un test ADN. En tout cas, d'après ses dires, il n'a pas encore décidé de la suite à donner à cette histoire. Je l'ai encouragé à la prudence. »

Tristan est déjà debout, en train de boire son thé matinal, sans sucre, feuilletant *Le Figaro* sur son iPad, quand son téléphone sonne. De mémoire, son père ne l'a jamais appelé aussi tôt, d'autant que, depuis qu'il a ralenti dans ses activités, il aime traîner au pieu. Et pas toujours seul...

D'abord, Tristan craint le pire. Il décroche à la première sonnerie.

« Il y a un problème ? demande-t-il aussitôt.

— Aucun ! »

C'est un homme tout excité qui répond.

Il faut absolument qu'il lui parle de cette Nathalie, lui dit-il. Cette femme est sa fille, il en est persuadé, il a passé une mauvaise nuit à cause d'elle. Il se demande encore s'il doit se méfier, comme le lui conseille Julien.

« Mais ton frère voit toujours le mauvais côté des choses, ajoute-t-il. Il faut battre le fer tant qu'il est chaud. Comme j'ai besoin de me faire une opinion définitive, je vais la voir ce midi.

— Où ?

— Au Lutetia. En plus, j'ai envie d'huîtres ! Et souviens-toi, Nathalie nous a dit qu'elle adorait ça. Je te proposerais bien de te joindre à nous, mais pour l'instant je préfère la rencontrer en tête à tête. »

Tristan rassure son père qui lui demande de ne pas le prendre mal. En toute franchise, il se passe très bien de l'accompagner. L'histoire de Nathalie, il commence à la connaître…

« Bon appétit ! »

Jean-Pierre a déjà raccroché.

L'avenir de Nathalie chez les Delaporte va donc se jouer autour d'un plateau de fruits de mer.

24.

Jean-Pierre et Nathalie déjeunent au Lutetia, en terrasse. Julien, qui les observe, a presque envie de dire « en vitrine » tellement il a l'impression qu'il ne voit qu'eux.

Il s'est déjà fabriqué un alibi au cas où ils l'apercevraient : « J'étais dans le coin pour les affaires. » Quand son frère lui a dit que Jean-Pierre et elle se retrouveraient, c'est plus que de la curiosité qui l'a poussé à suivre son père. Il voulait mesurer leur degré d'intimité, savoir si elle ressemble tant que ça à tante Paulette, et surtout évaluer celle qu'il défiera prochainement. Il a hâte, mais avant il veut la voir sans en parler à quiconque, et évidemment pas à Tristan. Cet idiot se serait moqué et lui aurait conseillé de porter une perruque et des lunettes noires.

Il se tient, un peu en retrait du kiosque à journaux, de l'autre côté de la rue de Sèvres. Ils sont de profil et à aucun moment ils ne tournent la tête vers lui. Il devine qu'ils ont commandé un plateau d'huîtres, des bulots et une bouteille de blanc.

Jean-Pierre goûte et approuve. Après avoir trinqué, sans doute à leur rencontre, Nathalie touche peu à son verre, préférant l'eau minérale, tandis qu'elle remplit consciencieusement celui de Jean-Pierre. Julien ne peut s'empêcher de penser que « cette salope le fait picoler ».

De loin, il le trouve sur la réserve. Mais petit à petit l'humeur de Jean-Pierre change. Le vin le rend euphorique, il rit, semble poser à « sa fille » de nombreuses questions. Il approuve, l'écoute avec attention et soudain Julien est stupéfié par ce qu'il voit. Son père ne retire pas sa main quand elle y pose la sienne. Leur complicité alors qu'ils ne se connaissent que depuis la veille le sidère. Il reste caché, mais aimerait tant foncer pour mettre un terme à cette mascarade.

Il pense à ce que dit sa mère : « Je voudrais être une petite mouche pour savoir ce qu'ils se racontent. »

Jean-Pierre n'est pas du genre à s'épancher facilement, et là il semble raconter sa vie à une femme qui ne le quitte pas des yeux, comme on regarde un héros. Il doit parler de sa réussite. Il a face à lui le meilleur public qui soit. Elle lui ressert à boire, tandis qu'elle ne boit toujours qu'à peine. Elle le regarde avec admiration, ce qui a le don d'exaspérer Julien.

Comme si de rien n'était, au moment où ils consultent la carte des desserts, Jean-Pierre sort une petite boîte de la poche de sa veste de velours. Il est venu avec un cadeau, qu'elle hésite à ouvrir. Elle marque sa surprise, et sourit timidement. Julien croit comprendre ce qu'elle dit, quelque chose de ridicule, du genre : « Mon plus beau cadeau est d'être avec toi. »

Il s'agace de voir son père sourire bêtement avant de se laisser embrasser sur la joue. Il devine la bague qu'elle passe ensuite à son index, tend la main pour que Jean-Pierre l'admire. Du coin de sa serviette, il essuie les petites larmes qui s'échappent des yeux de Nathalie. Il semble heureux, elle aux anges. Julien contient sa colère. « Il y en a au moins pour dix mille balles ! »

La suite lui échappe, car le kiosquier l'interpelle et demande s'il cherche quelque chose. Bêtement, il achète *Le Figaro* et s'éloigne, la tête baissée, à la recherche d'un autre endroit pour les surveiller. Il s'isole dans le parc en face, ayant juste le temps de les voir disparaître. Le soleil a envahi la terrasse et ils vont se réfugier à l'intérieur de la salle. Il les a perdus mais il n'est pas question qu'il abandonne. Au risque qu'ils le repèrent, il traverse l'avenue et entre dans le hall de l'hôtel. Il les aperçoit installés dans les fauteuils du bar. Visiblement, ils ne sont pas pressés de se séparer. Elle est de dos, lui de trois quarts. Ils partagent un paris-brest, avec la même cuillère.

Julien s'isole dans un coin, en faisant semblant de consulter son journal. À un employé qui lui demande s'il a besoin de quelque chose, il répond par un lapidaire : « Non merci, j'attends quelqu'un. »

Ils sont derrière lui, à une dizaine de mètres seulement. D'où il est, il ne perçoit que quelques éclats de voix. Elle parle beaucoup, sans qu'il arrive à saisir le sujet de leur conversation. De toute évidence, elle est animée et joyeuse.

Elle donne le signal de départ tandis qu'elle se lève : « Il est presque 16 heures, il faut que j'y aille, Jean-Pierre ! »

Alors qu'ils s'éloignent, la réponse le foudroie : « Pas de Jean-Pierre ! Tu peux m'appeler papa ! »

Il les entend se séparer dans le hall, se promettant de se revoir très vite. Julien attend quelques minutes avant de quitter le palace à son tour.

À peine sorti, son téléphone vibre dans sa poche. Un message s'affiche :

Mon très cher Julien,
Pourquoi se cacher ? Il fallait nous rejoindre, j'aurais été si heureuse !
À bientôt,
Nathalie (ta sœur préférée et à qui tu manques !)

Julien enrage : « En plus elle se fout de ma gueule ! »
Il fouille du regard autour de lui. Où se planque-t-elle ?
Ce n'est que plus tard qu'il s'étonnera qu'elle ait son numéro de téléphone.

25.

Nathalie est rentrée à Londres directement après son déjeuner avec Jean-Pierre. Elle a besoin de faire le point, de s'éloigner un court moment des Delaporte. Les choses avancent comme elle l'espérait, mais elle ne veut pas s'emballer. Londres sera le meilleur endroit pour réfléchir. Judith l'aidera, Robert aussi.

Elle et Robert sont ensemble depuis un peu plus d'un an. C'est un homme charmant, attentif ; et un parfait amant. Elle n'en demande pas plus.

Elle a franchi les contrôles et l'aperçoit dans le hall de Saint-Pancras.

Elle est contente de le retrouver. À en juger par son grand sourire, lui aussi. Elle pose ses lèvres sur les siennes, murmure, l'air coquin, qu'il lui tarde d'arriver.

« Tu es venu me chercher, mon chéri ! Trois semaines sans ta maîtresse préférée, c'est trop !

— Tu n'as pas arrêté de m'appeler !

— Oui, mais au téléphone, ce n'est pas pareil… »

Il la prend dans ses bras. Son accolade est vraiment démonstrative et elle s'en détache avec peine.

« Ce Jean-Pierre, il est comment ? demande-t-il, une fois installé dans le taxi.

— Adorable. Il joue les durs, mais au fond, c'est un gentil. Et puis, il va finir par me trouver formidable.

— Comme moi, mon cœur. »

Elle enchaîne à voix basse :

« Julien est un vilain petit cachottier. Se planquer derrière un kiosque à journaux pour nous espionner, il y a mieux, non ? Son manège était repérable à mille lieues. Soit il me prend pour une quiche, soit il est un peu sot.

— Je t'ai déjà prévenue, ce type va te mettre des bâtons dans les roues.

— J'espère que ça lui passera.

— Pas sûr.

— Le principal, c'est que Jean-Pierre ne jure que par moi et que Tristan m'ait déjà adoptée. J'en aurai deux sur trois, pas mal, non ?

— Il faut que tu convainques Julien. Sinon, je te le répète, tu vas en baver.

— Je dois le voir sous peu... Pour l'instant, je lui accorde mon pardon pour cette surveillance ridicule. Ce frère, on le savait, est un garçon suspicieux, méfiant. Il est trop cartésien pour m'accepter tout de suite chez les Delaporte. Je ne suis pas très inquiète, comme les autres, il y viendra... » Elle rit et ajoute : « Je suis irrésistible ! »

Elle lui montre le texto qu'elle lui a envoyé.

« Quel con ! » commente Robert.

Il lit sa réponse à haute voix : « J'avais un rendez-vous dans le coin. J'ai aperçu mon père avec une femme. Je ne savais pas que c'était toi, sinon je serais venu pour te rencontrer. Une autre fois. Julien Delaporte. »

« Puissant, comme réponse ! »

Nathalie se blottit contre son amant.

« Tu es toujours avec moi ?

— Tu sais bien que je te suivrai jusqu'en enfer. »

Elle plaisante : « Allons-y ! »

Puis elle lui lit avec gourmandise le texto qu'elle vient d'adresser à Jean-Pierre :

Mon cher Papa,
Tu ne peux imaginer l'émotion et la tristesse que j'ai ressenties au moment de nous séparer. Ce déjeuner (notre premier !) partagé fut un immense bonheur. J'ai tellement apprécié nos confidences, mêlées de rires et d'affection. Je n'ai pas vu passer le temps. Crois-moi si je te dis que je n'ai jamais éprouvé cela avec l'homme qui m'a élevée. Avec toi tout est si différent, profond. Ne suis-je pas de ton sang ?
J'espère de tout mon cœur que tu partages mes sentiments.
Je suis dans le train pour Londres, et j'ai les larmes aux yeux, car chaque seconde m'éloigne de mon père. J'ai tellement hâte de te revoir.
Ta fille, Nathalie, qui t'embrasse de tout son amour.

Sa réponse, survenue dans la minute suivante : « À bientôt, ma chère Nathalie. »

« Il n'est pas très démonstratif… Tu es vraiment sûre que tu le tiens ? » s'inquiète Robert.

Elle s'exclame : « J'adore ce père ! »

26.

Quand ils arrivent enfin à l'appartement, Nathalie s'agace à peine la porte franchie. Judith est absente. Elle ne répond pas à son téléphone.

« Qu'est-ce que j'ai fait au Bon Dieu pour avoir une fille pareille, se plaint-elle.

— Il faut bien que jeunesse se passe, s'amuse Robert, une bouteille de whisky en main. Et si on buvait un coup en attendant ?

— Va plutôt ouvrir un champagne. Ça se fête, non ? »

Ils regardent ITV sans prononcer un mot lorsque claque la porte d'entrée. Judith, à l'inverse de Nathalie petite et menue, est une grande fille de presque un mètre quatre-vingts. Son visage est fin, constellé de taches de rousseur. Ses cheveux auburn mi-longs sont toujours tenus en queue-de-cheval. Elle est svelte, sportive.

Nathalie dit qu'elle a tout de « feu » son père, le Gallois. Elle dit « feu » non pas parce qu'il est décédé, mais parce qu'il a totalement disparu de la circulation. Envolé du jour au lendemain. Elle a confié à Jean-Pierre qu'elle a beaucoup souffert de cette disparition inattendue. Pour principale explication, elle ne voit que l'influence d'une femme, même si James semblait fidèle.

« Tu ne cherches pas à le revoir, à savoir ce qu'il est devenu ? avait demandé Jean-Pierre.

— Non... On ne répare pas les pots brisés. C'est trop tard. »

Puis il avait posé la même question que Tristan :

« Tu as un homme dans ta vie ?

— Oui...

— Et comment s'appelle-t-il ?

— Jean-Pierre...

— Comme moi », a-t-il d'abord réagi, avant de comprendre. Il a saisi la main de Nathalie et y a posé un baiser.

Judith cherche encore des explications au départ de son père. Elle n'en souffre pas mais voudrait comprendre pourquoi il les a quittées sans un mot.

Un jour, elle l'a dit à sa mère :

« Je le retrouverai, cet enfoiré.

— On ne traite pas son père d'enfoiré », l'avait coupée Nathalie.

Depuis, elles n'ont jamais reparlé de lui. Judith affirme que sa mère lui suffit largement. « Une mère pareille, c'est du boulot à plein temps ! »

Judith se précipite sur sa mère :

« Si j'avais su que tu rentrais aujourd'hui, je ne serais pas sortie.

— Tu étais où ?

— Avec des copains... Au cinéma. »

Nathalie sent qu'elle ment.

« Voir quel film ? »

Judith file déjà sans répondre. On ne dit pas à sa mère qu'on a passé l'après-midi à l'hôtel avec son amant…

Ils l'entendent se préparer un sandwich, passer un appel à voix basse, puis disparaître dans sa chambre.

Elle revient, se sert du champagne et lève son verre :

« À la santé de Jean-Pierre ! » s'exclame-t-elle. Elle se tourne vers sa mère : « Alors ils sont comment, les Delaporte ?

— Parfaits ! Nous ne pouvions espérer mieux. En plus, ils veulent tous te connaître. »

27.

Julien a du mal à participer à la conversation. Le dîner familial est joyeux, comme toujours, du moins quand les filles acceptent de le partager avec leurs parents. Ils se sont fait livrer des sushis. Noémie voit qu'il y touche à peine alors que d'ordinaire il faut insister pour qu'il en laisse aux autres. Ses filles font des rêves de vacances pour Pâques. Zoé a choisi l'île Maurice, Clara plaide pour un séjour dans leur villa de Ramatuelle. « Mes copines seront là-bas », affirme-t-elle. Noémie s'amuse de leur dispute :

« Moi, dit-elle pour les taquiner, j'opte pour un voyage culturel à Vienne.

— Nul », commente l'une. « Je ne vais pas dans un pays de nazis », dit l'autre.

Noémie se tourne vers son mari :

« Et toi : Ramatuelle, Maurice ou Vienne, la fantastique capitale de Sissi impératrice ?

— Tu triches, maman », dit Clara.

Julien, plongé sur son portable, lâche : « Comme vous voudrez.

— Oh, papa, tu es avec nous ? Vote pour Maurice et je te promets une mention très bien au bac.

— Va pour Maurice, dit-il, sans relever la tête.
— Merci, papa. Et on va au Club Med. »

Les filles ne prêtent guère attention à leur père. Noémie, en revanche, voit bien que son mari est préoccupé. Elle finit par lui demander ce qu'il a. Absorbé par le message qu'il écrit, il ne répond pas.

Elle s'agace :

« Allez, on termine les sushis dont votre père ne veut pas et on débarrasse. Monsieur a décidé de faire bande à part ! Je peux savoir ce que tu fais avec ce téléphone ? À qui tu écris ? »

Il répond du bout des lèvres qu'il discute avec un client. En réalité, il correspond avec le détective privé qu'il vient d'engager. L'homme lui a écrit que, selon lui, cette femme n'est pas très claire. Il a donné son prix, élevé, mais Julien s'en moque. Il veut savoir, et vite. « Il y a urgence ! » tape-t-il.

Elle s'inquiète : « C'est grave ? »

D'ordinaire, il répond par la négative. La réponse la surprend :

« Je le crains… Il faut que je lui parle, ajoute-t-il en se levant et en se dirigeant vers son bureau, les yeux toujours rivés sur son téléphone.

— Parler à qui ?

— À Jean-Pierre.

— C'est en rapport avec ta demi-sœur ? Qu'est-ce qui se passe ? Tu as découvert des trucs sur elle ? »

Julien est déjà au téléphone. Elle l'entend dire qu'il voudrait passer le lendemain. Son père doit demander à quel sujet, parce que Julien répond seulement : « C'est important, papa. »

C'est la première fois qu'elle entend son mari appeler son père « papa ».

28.

Tant qu'elle reste à Londres, Nathalie maintient un contact quotidien avec Jean-Pierre, souvent en fin de journée. Ils ne se sont pas revus depuis plus d'un mois et il trouve l'attente trop longue. Dans ses messages, il répète qu'il veut venir la voir. « J'irai à l'hôtel », la rassure-t-il.

Dans l'immédiat, elle n'a pas trop envie qu'il la découvre dans son environnement. Elle a du mal à refréner les envies de son père et il faut qu'elle invente : « Je suis en déplacement professionnel en Écosse. » Pour qu'il renonce, elle lui promet de revenir à Paris le week-end suivant.

Ces appels quotidiens les ont rapprochés au-delà de ce qu'elle espérait. Témoin de leurs conversations, Judith la félicite : « Bravo, tu as réussi à te mettre le grand-père dans la poche !

— J'avoue que j'ai été bonne sur ce coup-là. Il n'était pas facile à convaincre. Quel personnage ! Quelle vitalité, à soixante-quinze ans ! Mais je pense que je n'aurai même pas besoin de faire un test ADN. »

Leurs conversations téléphoniques s'éternisent de plus en plus. Un jour, il lui a confié qu'elle et lui sont faits du même bois, celui des Delaporte. Il la trouve même plus Delaporte que Julien, chiant comme une porte de prison, et que Tristan, le coiffeur pour dames qui n'a toujours pas grandi. Il faut qu'elle insiste, se fâche presque, pour qu'il arrête de critiquer « ses frères ».

Pour le calmer, elle ajoute qu'elle ne s'est jamais autant sentie en communion avec quelqu'un. « Comme si je n'attendais que toi. » D'ordinaire, ce genre de phrases le ferait rigoler. Mais cette fois, il la remercie. En affirmant cela, elle ne ment pas vraiment. Jean-Pierre a toutes les qualités qui l'attirent. Il est cultivé, plein d'humour, allant parfois jusqu'à l'autodérision.

Judith, qui écoute sur haut-parleur, pousse sa mère à continuer à le flatter.

« Si je me laissais aller je serais presque fière d'être ta fille !

— Et moi ton père », réplique Jean-Pierre, aux anges.

Judith sourit du petit jeu qui s'établit progressivement entre sa mère et ce monsieur qu'elle ne connaît pas encore.

« Je te passe Judith, s'exclame soudain Nathalie en lui passant son portable d'autorité.

— Bonjour Judith, je suis ravi de faire ta connaissance. »

La jeune fille ne se démonte pas :

« Bonjour monsieur. Moi aussi je suis contente de vous entendre. Maman m'a tellement parlé de vous.

— Ne me dis jamais monsieur, ni grand-père, et surtout pas papi. Appelle-moi Jean-Pierre, tout simplement.

— À vos ordres, Jean-Pierre.
— À *tes* ordres, Jean-Pierre », rectifie-t-il.

« Tu as été parfaite avec ton papi », commente Nathalie quand Judith raccroche enfin après avoir promis de venir très vite à Paris.

Moins de dix minutes plus tard, le téléphone de Nathalie vibre de nouveau. Judith crie en direction de sa mère en voyant le nom s'afficher : « C'est papi ! »

Nathalie hésite à répondre, s'y résout.

À Paris, Jean-Pierre est en larmes, incapable de prononcer le moindre mot.

PARTIE 2

1.

L'église Saint-Roch est bondée. Plusieurs centaines de personnes sont venues rendre hommage à Julien. À sa famille aussi, dévastée par le décès soudain de ce frère cadet. Huit jours plus tôt, il a été renversé par un chauffard qui ne s'est même pas arrêté.

La voiture, un SUV Peugeot, a été retrouvée carbonisée dans une allée d'une cité de Seine-Saint-Denis. Selon les premières conclusions de la police, la voiture avait été volée. Les tueurs de Julien seraient liés au trafic de stups. Après avoir écarté la piste d'un règlement de comptes, les enquêteurs disent qu'il a été renversé accidentellement. « Au mauvais endroit au mauvais moment. » Ils roulaient à plus de 90 km/h dans cette artère étroite. Il était 7 heures, la rue était déserte. Sur les images de vidéosurveillance, on voit que Julien était sur son portable et rejoignait sa voiture garée un peu plus loin. Son corps a fait un vol plané d'une vingtaine de mètres et s'est écrasé sur une camionnette en stationnement. Il est mort sur le coup, a indiqué le légiste. En visionnant les images, on a l'impression que la voiture accélère juste avant l'impact. « Une impression », ont commenté les flics. Pour eux, l'enquête sera longue mais pas si difficile. Ils affirment qu'ils trouveront ses meurtriers, qu'ils qualifient devant Noémie d'« imbéciles ».

« Tôt ou tard, ces types-là font une connerie, et pour s'en tirer ils se dénoncent entre eux. »

Pour tous, la mort de Julien est une horreur tant elle paraît injuste. Il ne devait pas finir ainsi, balayé par des voyous. C'était un homme en pleine forme, soucieux de son hygiène de vie (combien de fois a-t-il reproché ses écarts à Tristan ?). Il ne fumait pas, buvait modérément, allait à la salle de sport deux fois par semaine.

Il disait qu'il finirait centenaire et nous enterrerait tous !

Le destin en a décidé autrement.

Au premier rang, à quelques mètres seulement du cercueil couvert de fleurs blanches, se tient celle qu'il est si difficile d'appeler « sa veuve ». Elle garde dans les siennes les mains de ses deux grandes filles assises de chaque côté d'elle. Noémie tente de faire face dignement à ceux qui viennent présenter leurs condoléances en l'embrassant, mais elle a le visage ravagé par la douleur. Certains prennent les nièces de Tristan, Clara et Zoé, dans leurs bras. Les mots prononcés ne les sortent pas de leur torpeur – elles semblent perdues. Frédérique, la mère de Tristan et Julien, est assise de l'autre côté de l'allée. Elle cache ses larmes sous une voilette noire. Étienne, son troisième mari, assis juste derrière, pose sans trop de conviction sa main sur son épaule. Il se sent exclu de cette tristesse, et, de fait, il l'est.

Tristan est resté à l'entrée de l'église, où il attend l'arrivée de Jean-Pierre. Il a déjà dix minutes de retard, mais la cérémonie ne commencera pas sans lui, a-t-il dit fermement au curé qui s'impatientait.

« J'arrive. J-P », a été la seule réponse à son texto.

Parmi les centaines d'amis, de collègues, de relations d'affaires, Tristan reconnaît Jean-Luc, le coach sportif de son père, et Jean-Philippe, le patron du café où il a ses habitudes matinales. Ses salons sont fermés ce matin, car la quasi-totalité du personnel a voulu être présente. L'assemblée, en dépit de cette longue attente, demeure silencieuse, comme si personne n'osait troubler la douleur du moment. Soudain, les sanglots de Clara résonnent dans la nef. Noémie la prend contre elle. Frédérique traverse l'allée pour aller caresser l'épaule de sa petite-fille. Enfin, la berline noire de Jean-Pierre se gare au pied des marches. Nathalie descend la première, fait le tour du véhicule pour l'aider à en sortir. Dire qu'il est effondré serait en dessous de la vérité. Il semble avoir pris dix ans d'un coup. Il a les yeux rougis, les paupières presque mauves d'avoir pleuré. En huit jours, Jean-Pierre, d'ordinaire si fort, a sombré.

Tristan le rejoint pour l'aider à grimper les marches tant il hésite, tout près de s'effondrer. Nathalie lui sourit : « Je m'occupe de papa. » C'est accroché à son bras qu'il traverse l'église jusqu'à la chaise qui l'attend au premier rang tandis qu'une légère rumeur monte des travées. Beaucoup se demandent qui est cette femme qui l'accompagne. Ceux qui savent renseignent les autres. Arrivé devant le cercueil, Jean-Pierre l'effleure du doigt, avant d'embrasser Noémie. Il pleure maintenant sans chercher à cacher ses larmes. Il finit par les effacer avec le mouchoir que lui glisse Nathalie. Elle reste en retrait, le laissant échanger avec les siens des gestes d'affection et de réconfort. Ce n'est qu'ensuite qu'elle prend dans ses bras la veuve de Julien. Nul n'entend ce qu'elle lui murmure à l'oreille, les yeux clos, mais toutes deux se laissent entraîner dans un instant d'extrême émotion. Puis les deux filles de Julien dans un élan commun les rejoignent. L'assemblée silencieuse semble fascinée. Nathalie se détache la première. Elle apparaît le visage ravagé par les traînées de rimmel sur ses joues. Elle est comme perdue dans l'allée. Jean-Pierre lui saisit le bras et l'assoit à ses côtés, là où Tristan devait être placé. Il doit se contenter de la seule chaise disponible, à l'extrémité de l'allée. D'un léger signe de tête, Nathalie indique au curé que la cérémonie peut commencer.

Une grande jeune fille se tient discrètement à l'écart. D'où elle est, elle observe toute l'assemblée. Son regard croise celui de Tristan. C'est ainsi, dans cette église lugubre, en ce moment qui l'est encore plus, qu'il découvre Judith, son autre nièce.

2.

Les funérailles de Julien datent de presque trois mois. Son départ auprès de « Notre-Seigneur », comme l'a dit le curé avec ces mots qu'il doit servir à tous les enterrements, semble si loin et si proche.

Au fil des jours, Tristan réalise à quel point ce frère « génial » lui manque.

Sans Nathalie, nul ne sait comment la famille aurait surmonté cette épreuve. Ne répétait-elle pas qu'elle venait de perdre plus qu'un frère, mais un ami, un confident ?

« Un confident… ? » s'étonne-t-il.

Tristan ignorait, alors qu'il était censé organiser leur premier rendez-vous, qu'ils s'étaient rencontrés à plusieurs reprises. Cela le surprend que Julien en ait gardé le secret, mais Nathalie lui a confié qu'il ne souhaitait pas que cela se sache dans la famille.

« Je le comprends, a-t-elle dit, Julien était un homme méfiant de nature, et il voulait être sûr de moi avant de vous en parler. Même Jean-Pierre n'était pas dans le secret. »

Petit à petit, selon elle, il s'était libéré de ses *a priori* à son sujet, et elle avait découvert un homme plein de richesses intérieures. Leurs échanges furent intenses, « tellement intimes et personnels ». Elle le pleure.

Nathalie fut présente auprès de chacun, n'économisant jamais son temps, surtout avec Noémie et ses filles. Elle fut surtout d'un réconfort inouï avec Jean-Pierre. Sans elle, Tristan se demande s'il n'aurait pas totalement sombré. Le patriarche semble avoir mesuré à quel point Julien comptait pour lui. Il le montrait peu, mais il aimait profondément son fils, et pas seulement parce qu'il était l'avenir de l'empire familial, l'héritier.

Jean-Pierre accuse le coup, sous antidépresseur. Il n'arrive pas à surmonter la perte de son fils cadet. Nathalie ne le quitte pas d'une semelle depuis des semaines, voulant s'assurer, disait-elle à Tristan ce matin au téléphone quand il l'a avertie qu'il allait passer après la fermeture du salon, que « papa » se remettait. Elle ne partirait pas avant.

« Je croise les doigts pour que ta visite le requinque. Sa dépression est si grave, si profonde. Notre père se noie et je ne sais plus comment faire pour l'aider à remonter à la surface. » Elle l'a presque supplié : « Viens voir papa. Il a tellement besoin de son fils. Le seul qui lui reste. » Elle a ajouté : « Il t'aime beaucoup, tu sais… »

Dans les jours qui ont suivi les obsèques, elle était confiante : il donnait le sentiment qu'il allait bien se remettre. Elle revenait tous les week-ends de Londres avec Judith, lui préparait ses repas, le poussait à l'accompagner au cinéma et au théâtre, au restaurant. Il souriait de nouveau. Puis, d'un coup, son état s'est dégradé. Sa santé, et surtout son moral. Il restait enfermé chez lui, mangeait peu. Il refusait les invitations de Tristan chez Foc ly. Lui, si élégant, se laissait aller.

Nathalie a été formidable, tous dans la famille étaient d'accord sur ce point. Elle a fini par tout quitter à Londres pour s'installer à Paris avec sa fille.

« Il est impossible que j'abandonne notre père dans l'état où il est », s'est-elle justifiée.

Jean-Pierre a apprécié de plus en plus leur présence, associant dans le même compliment la mère et sa fille. Il l'a confié à Tristan : « Nathalie m'est précieuse… Grâce à elle j'arrive encore à tenir debout. » Ensuite, parce que, selon elle, il en a exprimé le « besoin », elle est venue dormir dans l'une des chambres mitoyennes de la sienne au fond du penthouse. Enfin, elle s'est installée à demeure chez lui.

« Je suis tellement inquiète, a-t-elle dit, un jour où elle est venue se faire coiffer au salon. Par bonheur, il adore ma Judith. C'était pas gagné. »

Elle a ajouté que ce n'était pas de gaîté de cœur que sa fille avait quitté « *London* » pour vivre ici. Selon Nathalie, cette situation n'était que temporaire, car la vie de Judith était outre-Manche, où elle avait ses amis et poursuivait des études d'économie. Quant à elle, elle resterait tant que « son » papa n'irait pas mieux. Sa société d'assurances avait été compréhensive, lui accordant un congé sans solde.

Elle confia à Tristan qu'elle n'avait jamais éprouvé autant d'amour que pour « celui qui était son vrai père ». Peut-être a-t-elle réalisé qu'elle avait dépassé les bornes en disant « vrai père », car elle se reprit en expliquant assez maladroitement à Tristan que, selon elle, les liens du sang l'avaient peut-être emporté sur les liens du cœur.

Elle ajouta qu'elle avait toujours senti une sorte de distance avec « son autre papa », comme désormais elle désignait celui qui l'avait reconnue et qui l'avait élevée.

Le fait que Nathalie s'occupe à ce point de son père arrange bien Tristan. Il n'aurait jamais été capable d'en faire autant, ni n'aurait eu la patience qu'elle a avec lui en toutes circonstances.

Il se dit que cette sœur est une bénédiction, une sainte, même ! C'est dans cet état d'esprit que Tristan sonne vers 20 h 30 au cinquième étage d'un immeuble haussmannien de l'avenue Malesherbes. Il entend courir des pas et devine la présence de quelqu'un qui l'observe derrière l'œilleton. Une voix de femme s'écrie :

« Maman, c'est son fils ! »

Cette voix ne peut être que celle de Judith.

Elle ouvre, l'embrasse avec retenue, l'accueille avec un sourire discret.

« Donc tu es Judith, dit-il.

— Et toi le demi-frère de maman.

— Je suis vraiment content de te rencontrer.

— Moi aussi, Tristan.

— Ta mère m'a déjà beaucoup parlé de toi, et en bien ! ajoute-t-il.

— Je vois que vous avez fait connaissance, se réjouit Nathalie en embrassant Tristan.

— Je vous laisse entre frère et sœur… »

Judith s'éloigne vers le fond de l'appartement. Tristan a juste eu le temps de vérifier qu'elle a au menton la marque des Delaporte. Nathalie porte un tablier et de bonnes odeurs parviennent de la cuisine : « Je le soigne avec de bons petits plats ! » sourit-elle, avant d'ajouter à voix basse sur le ton de la confidence : « Ce soir, notre père est un peu fatigué. Il y a des jours où il a beaucoup de mal à remonter la pente. Ces jours-là le décès de Julien l'anéantit. » Tristan aperçoit son père de profil, affalé dans son habituel fauteuil de cuir sombre, celui où depuis son enfance il le voit trôner, fumer ses havanes sans se soucier d'incommoder les autres. Il s'approche.

Il n'a vraiment pas bonne mine, ses traits sont tirés, et son visage est gris. Il a surtout déjà enfilé son pyjama et une robe de chambre, lui que Tristan a toujours vu en costume-cravate au dîner. Sans relever la tête, il lance, la voix faible :

« C'est qui, Nathalie ?

— Tristan, ton fils. »

Il pousse un soupir, comme si la présence de son aîné l'importunait. Tristan ne s'en émeut pas, mettant cette réaction sur le compte de sa dépression. Il glisse à l'oreille de sa demi-sœur : « Il faudra qu'on parle tous les deux seul à seul. Il n'a pas l'air brillant.

— Il va se relever, assure-t-elle. Je suis là, maintenant. Les Delaporte peuvent compter sur moi. »

3.

C'est dans sa nature, Judith est une jeune femme solitaire. Elle ne se sent jamais mieux que dans le cocon de sa chambre. Elle n'a besoin de rien d'autre que de son téléphone. Elle pourrait rester des heures à naviguer sur X, Instagram, TikTok, et surtout sur d'autres messageries bien plus palpitantes. Telegram est la porte d'entrée de ses aventures vers le darknet.

Nathalie dit de Judith qu'elle n'est pas encore sortie de l'adolescence. C'est vrai qu'on lui donnerait trois à quatre ans de moins, tant ses traits sont juvéniles. En revanche, et c'est tout le paradoxe, la mère est surprise voire déroutée par la maturité de la fille. N'est-ce pas elle qui a encouragé Nathalie à se lancer dans la conquête des Delaporte ?

Hier, elles étaient à Londres. Aujourd'hui à Paris. Demain ? Elle ignore la prochaine lubie de Nathalie. Sa mère ne tient pas en place ! La France lui plaît bien et elle se voit y rester un bon moment.

Judith a laissé la porte de sa chambre entrouverte, tend l'oreille pour écouter ce qui se passe dans l'appartement. Ainsi, se dit-elle, c'est lui, l'oncle dont elle ne cesse d'entendre parler depuis des semaines. Celui qui est l'allié de sa mère. Nathalie le surnomme « le coiffeur pour dames ». Cela les amuse beaucoup. C'est vrai qu'avec sa tête de vieux beau et ses cheveux plaqués en arrière il en a toute la panoplie.

Elle entend Tristan parler d'elle à Nathalie :

« Ta fille me fait forte impression. Je trouve qu'elle a une innocence mystérieuse.

— Elle n'est pas aussi innocente que tu le dis, réplique Nathalie dans un léger éclat de rire. Elle est très mature. Parfois plus que moi. Jean-Pierre l'aime déjà beaucoup. Ils s'entendent comme larrons en foire, ces deux-là. » Elle interpelle Jean-Pierre : « N'est-ce pas, papa, que tu l'aimes ta petite-fille ! »

Pour seule réponse, le patriarche approuve du menton.

Nathalie poursuit.

« La vie avec moi n'est jamais facile… Mais, bien que ballottée de ville en ville, Judith n'a jamais eu à se plaindre. Elle a toujours été ma priorité. Crois-moi, elle n'a manqué de rien, sa maman l'a gâtée. J'ai veillé à ce que Judith bénéficie d'une bonne éducation, dans de bons internats, sinon les meilleurs.

— Elle va suivre des études en France ? demande Tristan.

— Non, elle va retourner à Londres reprendre ses cours. Pour l'instant, elle les suit par correspondance. Elle ne va pas vivre ici à ne rien faire ! »

Judith lève les yeux au ciel. Elle a bien l'intention de rester à Paris.

Elle en a assez entendu sur elle et referme la porte. Nathalie a raison sur un point : elles ont beaucoup changé d'endroits, vécu mille aventures. Résultat, Judith n'a pas d'amies. Et, quand l'envie lui prend, elle fait juste semblant d'être amoureuse pour profiter d'une aventure. La jeune femme use de son pouvoir de séduction selon ses envies du moment. Elle a appris à grandir seule et n'a aucune attache, à l'exception de sa mère. Elle ouvre son ordinateur et plonge dans le darknet, l'endroit qu'elle préfère au monde. Le lieu de toutes les aventures.

4.

« Effectivement, Jean-Pierre n'est pas en superforme, ce soir », souffle Tristan à sa demi-sœur en posant sur la table basse du salon la boîte de macarons Pierre Hermé dont son père raffole, au point d'en avoir toujours "une cargaison" sous la main.

— Je n'en avais plus », dit Jean-Pierre dans un souffle en apercevant la boîte et en oubliant de remercier son fils.

Tristan lui en tend un qu'il avale d'un coup sans prendre le temps de choisir le parfum.

Quand son fils le traite de gourmand, il en prend un second.

Tristan pose sur son père un regard inquiet. Il a les yeux dans le vague.

Il attire Nathalie à l'écart :

« Je ne l'ai jamais vu comme ça. J'essaie de dédramatiser, mais j'avoue que son état me surprend, pire, m'inquiète.

— Il est rarement ainsi, tente de le rassurer Nathalie. Depuis la mort de Julien, il a des jours avec et des jours sans… Ce soir, il s'est forcé à rester éveillé pour te voir, mais il n'a pas tenu. Demain, si ça se trouve, il pétera la forme.

— Il est bien suivi ?

— Médicalement, très bien. Sur ce point, tu n'as vraiment pas à t'inquiéter. Le docteur dit qu'il va s'en sortir petit à petit. Il lui prescrit des antidépresseurs. Ça le fatigue, mais son moral s'améliore de jour en jour. »

Jean-Pierre s'est assoupi dans son fauteuil juste avant de passer à table. Il n'est pas encore 20 heures.

Nathalie range la bouteille de whisky hors d'âge qu'elle avait sortie pour l'apéritif et montre le verre vide :

« Il a toujours une bonne descente ! C'est rassurant, non ?

— On le secoue ? demande Tristan.

— Ce n'est pas la peine, il ne mangera pas. Le mieux est de le laisser se reposer. » Elle ajoute, avec plein d'affection dans les yeux : « Quand il s'endort comme ça, j'attends qu'il émerge et je le couche. Ce soir, il est très fatigué.

— Je ne te remercierai jamais assez…

— Tu sais, au début, je me suis occupée de papa un peu par obligation parce qu'il ne supportait plus sa solitude. Je voyais qu'il déclinait, que la mort de Julien le bouleversait au-delà de ce qu'on peut imaginer. Elle le détruisait à petit feu. Alors, je n'ai pas voulu l'abandonner, persuadée qu'il allait vite se ressaisir. C'est un taureau, notre père ! Je me suis trompée, car c'est le contraire qui s'est produit. Il perdait pied, incapable de surmonter cette épreuve.

— Mais pourquoi tu ne m'en as pas parlé ?

— Je ne voulais pas t'inquiéter… Et puis, je pensais que c'était temporaire. Je resterai le temps qu'il faudra. Ensuite, je retournerai à Londres. » Elle poursuit à voix basse : « Papa a tellement insisté que nous avons accepté de nous installer chez lui. Ce n'est pas un sacrifice. Je le fais par amour, je te le jure.

— Pas besoin de jurer, je te crois.
— Nous sommes ici à sa demande, répète-t-elle.
— Combien de temps, à ton avis ?
— Une quinzaine de jours, un mois, pas plus. » Elle sourit : « J'ai un boulot qui m'attend.
— Tu es en congé, non ?
— Oui, mais je peux reprendre quand je veux. Cette vie à Paris ne peut être que provisoire. Bref, ce n'est qu'un moment à passer, mais je ne me voyais pas le laisser seul dans cet état. »

Tristan sent un léger reproche dans ces derniers mots. C'est vrai qu'il n'est pas présent autant qu'il le faudrait.

Ils finissent le dîner en tête à tête, Judith ayant emporté son dessert dans sa chambre. Elle n'a pas dit grand-chose, mais s'est montrée agréable. Disponible. Avant qu'elle ne disparaisse, Tristan lui a demandé si ça se passait bien à la fac. Elle a répondu, avec humour, qu'elle est la meilleure en anglais.

Elle a éclaté de rire quand il a bêtement récité : « *Do you speak English ?* »

Le baiser qu'il pose sur le front de son père, avant de partir, ne provoque qu'un grognement. Il dort toujours.

« Il faut que tu viennes plus souvent », lui dit Nathalie sur le pas de la porte.

5.

Des lointains bruits de voix, une porte qui se referme, et Jean-Pierre sort du sommeil dans lequel il était plongé profondément. L'esprit embrumé, il regarde autour de lui, cherche une présence, s'étonne de ne rien reconnaître. Il lui faut encore plusieurs secondes avant de réaliser où il est. À tâtons, il cherche la montre qu'il a posée sur la table basse à côté de son fauteuil. C'est une antique Cartier qui lui vient de son père, qui la tenait du sien et qui était promise à Julien.

Il la fait tomber sur la moquette en l'effleurant. Il tente de se pencher, mais renonce à un tel effort. Il la laisse là. Dehors la nuit est tombée. Quelle heure peut-il être ?

Il s'abandonne à son fauteuil en cuir, usé par les années. Il a fallu qu'il la supplie pour que Nathalie ne s'en débarrasse pas après lui avoir montré un modèle inclinable et, selon elle, beaucoup plus confortable et qui l'aiderait à se relever facilement. Elle a renoncé quand elle a compris que ce vieux fauteuil club était son refuge, le seul endroit où il se sent vraiment bien. Il dit en plaisantant qu'il veut être enterré avec.

« Tu n'es pas encore mort », a lancé Judith sur le ton de la réprimande.

Son seul regret est de ne pas pouvoir y fumer son cigare quotidien avec un verre de cognac. Nathalie suit les conseils de son nouveau médecin et intervient dès qu'il tente d'en allumer un. « C'est mauvais pour la santé, et surtout pour le cœur. » Elle tolère son whisky quotidien que lui prépare Judith.

« C'est pas au moment où j'ai retrouvé un papa que je vais le perdre », ajoute-t-elle.

Ce soir, il se sent las, vidé de tout, sans énergie. Il n'a le goût à rien. Il appelle Nathalie qui s'affaire dans la cuisine. Sa voix, trop faible, ne porte pas.

Il réalise à quel point sans cette fille miraculeuse il aurait sombré. Peut-être, même, n'aurait-il pas survécu. Il ne s'interroge plus sur ses motivations à être autant présente à ses côtés. Lui, le solitaire, a trop besoin d'elle.

Et puis, il y a Judith, qui lui tient compagnie alors qu'il l'encourage à sortir voir des copains.

Quand il est d'attaque, Jean-Pierre l'initie au jeu des transactions boursières. Elle en est maintenant passionnée. Quand, par manque d'énergie, il a du mal à se concentrer, il la laisse faire. Jean-Pierre la pousse, lui glisse quelques conseils. Afin de la motiver encore plus, il lui a monté un petit capital qu'elle a déjà fait fructifier de 25 % en quelques semaines seulement. Il ne le lui a pas encore annoncé, mais il a décidé de lui confier une large partie de son portefeuille. Il lui accorde une confiance totale. Et surtout, il sait qu'elle est douée en affaires.

Comme une ultime coquetterie face à la vieillesse, Jean-Pierre refuse d'admettre son état de santé déclinant. Tous, le docteur en tête, affirment qu'il subit le contrecoup de la perte de son fils. Que, rapidement, tout redeviendra comme avant, que ce n'est qu'une affaire de temps, de moral, et qu'il doit prendre sur lui.

« Bientôt, tu vas remonter la pente », lui assure Nathalie.

Que Nathalie lui promette de rester à ses côtés tant qu'il ne sera pas « en superforme » le rassure. Ce n'est pas Tristan, ni Noémie, la veuve de Julien, qui s'occuperaient aussi bien de lui.

Parfois, il ne se reconnaît plus. En temps ordinaire, il aurait surmonté cette épreuve, trouvant dans l'action le meilleur remède pour la traverser. Son ex-femme Frédérique lui a souvent reproché son manque d'empathie. Elle se mettait dans une rage folle quand il se vantait de détester les faibles, qui sombraient par leur propre faute.

Là, cloué dans son vieux fauteuil, il repense à tout cela, sa forme d'avant, sa vie faite de victoires. Ses conquêtes. Un Delaporte ne peut pas être un déchet. Il se persuade qu'il se remettra aux affaires, reprendra l'entreprise laissée en jachère depuis la mort de Julien.

Oui, se convainc-t-il, sa boîte a besoin d'un patron comme lui. Cette perspective le stimule un temps.

Il oublie qu'il n'a la force de rien. Même pas de se lever de son fauteuil. Alors, se relancer à son âge dans les parfums...

D'un coup la tristesse l'étreint. Pourquoi n'a-t-il pas dit à Julien à quel point il comptait pour lui, qu'il l'aimait... ? Comment a-t-il pu être aussi sévère ?

Il a tellement besoin de leur présence aujourd'hui, qu'il fait fi d'avoir bouleversé la vie de Nathalie et de sa fille. En quittant Londres, elles ont laissé derrière elles un travail, des amis, des amours peut-être aussi. Il sait que l'argent qu'il leur donne chaque mois ne compensera jamais les sacrifices qu'elles s'infligent. Son égoïsme le pousse à faire mine de les croire quand elles affirment être heureuses, ne rien regretter, qu'il compte plus que tout.

Il se sent parfois gêné par leur présence permanente. Il rêve de sa vie d'avant, où il n'en faisait qu'à sa guise. Désormais, son quotidien est si tranquille, si bien réglé, entre repos, médicaments, et repas à heure fixe. Nathalie lui impose une discipline stricte. « Pour ton bien », dit-elle. Il obéit, il le faut. Dans l'immédiat, il ne peut ni ne veut les perdre. Sans elles, fatigué comme il est en permanence, il n'y arriverait pas.

Cependant, il les laissera reprendre leur liberté en même temps qu'il retrouvera la sienne.

Jean-Pierre, tout à ses pensées, n'entend pas Nathalie approcher. Elle pose un baiser sur son front. En relevant la tête, il ne peut s'empêcher de la trouver jolie, toujours bien apprêtée. Sa fille, se dit-il, a vraiment de l'allure. Une Delaporte dans toute sa splendeur.

« Tu t'es assoupi un petit moment, papa. »

Elle se penche pour ramasser la vieille montre Cartier. En se relevant, elle lui caresse la joue.

« Tu veux manger quelque chose ? Je peux te cuisiner des blancs de poulet au curry, comme tu aimes.

— Tu n'en as pas assez de me faire toujours plaisir ? parvient-il à plaisanter.

— Ça ne fait que commencer, papa ! »

Elle a cessé de l'appeler Jean-Pierre, sauf en présence des autres.

Il remarque, posé sur la table, une boîte de macarons Pierre Hermé déjà entamée.

« Il ne fallait pas, dit-il en ouvrant la boîte.

— Je connais tes petits défauts, papa ! Je te conseille celui à la mangue, il est à tuer ! »

6.

Si Noémie n'avait pas ses deux filles, si attachées à leur école, inscrite en deuxième année de médecine pour l'aînée, et en prépa d'école de commerce pour la seconde, leurs amis, et leurs habitudes, elle filerait loin de Paris. Rien ne la retient ici mais elle ne veut pas leur imposer ce bouleversement. Cependant, elle songe à déménager, à s'éloigner de ce quartier des Batignolles où tant de souvenirs lui rappellent son mari. Leur traiteur asiatique, le café où ils se retrouvaient, leur boucher qu'elle évite désormais parce qu'elle lit dans ses yeux de la pitié et dont l'épouse, calée derrière la caisse, continue à lui présenter ses condoléances, alors que Julien est parti depuis des semaines, la ramènent sans cesse à lui. Elle ne retourne plus dans le parc Martin-Luther-King où ils allaient courir tous les dimanches matin. Elle s'est débarrassée des vêtements de Julien, a jeté sa collection d'encriers anciens sans chercher à les vendre, ses papiers d'identité… Elle a effacé « AMOUR » sur son répertoire. Tout ce qui pouvait lui rappeler son époux a disparu. Les albums de photos sont rangés au fond d'un placard. Noémie les aurait aussi jetés si ses filles ne s'y étaient pas opposées. Elle a vidé son bureau pour ne pas en faire un sanctuaire. Désormais, il ne subsiste rien ou presque de

Julien dans cet appartement. Elle n'a conservé qu'une seule photo sur le guéridon du salon, sur laquelle il lui sourit chaque fois qu'elle passe devant. Pourtant, elle a le sentiment que son fantôme hante les lieux. Il y a des mots qu'elle n'arrive pas à employer, tels que « veuve » ou « défunt ». Même prononcer « Julien » ou « votre père » est une souffrance. Par réflexe, il lui arrive de mettre son couvert. Comme c'était le cas dimanche dernier. C'est Clara, son aînée, qui a retiré discrètement l'assiette. Elle l'a vue faire et s'est enfuie se réfugier dans la salle de bains pour cacher ses larmes.

Noémie est heureuse que ses filles revivent petit à petit. Elles redeviennent joyeuses, sortent avec leurs amis. Leur vie reprend, mais pas la sienne. Ils s'aimaient tant.

Elle se souvient de chaque instant qui a précédé sa mort ce matin-là. D'abord il y a eu le petit déjeuner – Julien ne prenait qu'un café serré. Elle, du thé et des céréales auxquelles elle n'a plus touché depuis. Leur discussion. Il était troublé, énervé. Elle lui a demandé pourquoi. Il a répondu « le travail ».

Elle l'a taquiné : « Tu as toujours préféré le boulot à la femme de ta vie ! » Comme tous les matins, elle l'a accompagné à l'ascenseur, et comme tous les matins, ils ont échangé un baiser.

« À ce soir !

— Je t'aime.

— Moi aussi. »

Ce sont les derniers mots qu'ils ont échangés. Elle ignore toujours avec qui il avait rendez-vous, ce matin-là...

La radio allumée et la porte de la cuisine fermée pour ne pas réveiller les filles, elle n'a pas entendu le choc, ni le bruit mat du corps de Julien retombant sur le capot d'une camionnette rouge, avant de glisser sur la chaussée. Elle n'a pas entendu non plus le crissement de pneus de la voiture qui l'a renversé, fuyant sans s'arrêter.

Les sirènes de police l'ont attirée sur le balcon.

C'est de là qu'elle a aperçu un corps mutilé, couvert de sang, que les pompiers tentaient en vain de maintenir en vie.

Puis elle a poussé un cri déchirant.

Elle n'a que des souvenirs flous de ce qui s'est passé ensuite. Les policiers l'auraient empêchée d'approcher du corps. Elle a été prise en main par les secours et conduite à l'hôpital. Heureusement, Nathalie s'est occupée de tout. C'est elle qui a averti les parents de Noémie dans les Yvelines pour qu'ils viennent récupérer les filles. Elle est venue la chercher à l'hôpital. Les jours suivants, elle a pris en charge deux êtres en perdition, elle et Jean-Pierre. Ensuite, elle s'est chargée de la paperasse et de l'organisation des obsèques, poussant la discrétion jusqu'à ne mettre son nom que tout en bas de l'avis paru dans *Le Figaro*. Elle a su trouver les mots justes, aider chacun à dépasser ce deuil cruel. Elle a été le ciment, discret et efficace, qui a évité à la famille Delaporte, et à elle la première, d'imploser.

De tout cela, Noémie lui sera à jamais reconnaissante.

Le temps s'égraine lentement sans qu'elle puisse se débarrasser d'un profond sentiment d'injustice. Ils avaient plein de projets, tant de choses à découvrir encore, ne serait-ce que voir leurs filles s'épanouir. Au bout d'un moment, Noémie a renoncé à harceler les flics pour savoir où en est l'enquête. Elle a compris qu'arrêter « l'assassin » n'était plus leur préoccupation première. « Assassin », elle n'emploie pas d'autres mots pour qualifier celui qui a tué son mari. Et qui court toujours…

Elle réalise qu'il n'aura jamais le bonheur de connaître ses petits-enfants et elle en pleure de colère. Pourquoi est-ce tombé sur lui et pas sur son frère, le coiffeur pour dames ? Il n'a pas d'enfants, saute tout ce qui bouge. Il ne sert à rien.

Elle s'en veut aussitôt. Elle se trouve horrible, honteuse d'avoir pensé cela.

Elle sursaute en entendant l'interphone retentir. Elle n'attend personne.

7.

Nathalie, comme toujours, n'a donné qu'un bref coup de sonnette, comme si elle ne voulait pas déranger. Elle se présente au second étage avec sa panoplie habituelle : un large sourire, un bouquet de pivoines, la fleur préférée de Noémie, une boîte de chocolats, sa fille Judith, et une explication qui ne tient pas, mais que la veuve de Julien accepte de bon cœur : « Nous étions dans le quartier, alors je me suis dit que nous pourrions vous faire un petit coucou. »

Il lui arrive de passer à l'improviste sous le seul prétexte de se balader dans le coin. Mais qui viendrait se perdre au fin fond du 17e arrondissement ? Peu importe, Noémie est ravie de leur venue. Les deux femmes s'embrassent, tandis que Judith emprunte déjà le couloir vers le fond de l'appartement pour rejoindre Clara dans sa chambre où même sa mère a du mal à entrer. Clara a quatre ans de moins que Judith, mais elles se sont tout de suite trouvées. Plus que de simples cousines, elles sont devenues amies. La porte claque et les deux mères sourient en entendant leurs premiers éclats de rire.

Nathalie réagit aussitôt : « Leur complicité me fait tellement plaisir. Judith a tant de mal à se faire des amies. » Comme si elle possédait un sixième sens, Nathalie a le talent de mettre immédiatement les gens à l'aise. Elle n'en fait pas des tonnes, reste à sa place, mais son naturel, sa bonhomie, et sa légère timidité font qu'on se sent bien, en confiance. Elle a aussi cette qualité rare de vous faire sentir important à ses yeux. Nathalie le sait et en use. Lorsqu'elle est apparue dans le paysage des Delaporte, Noémie, à l'instar de Julien, s'est méfiée de cette nouvelle venue dans la famille, trop parfaite pour être honnête. Qu'est-ce qu'elle venait faire dans leur vie si ce n'est reluquer leur héritage ?

En revanche, à l'inverse de son mari, elle n'a jamais douté qu'elle soit sa demi-sœur. Elle a tenté en vain de le convaincre, mais il n'en a jamais démordu. Cette femme était une usurpatrice, son frère et son père se laissaient embobiner. Il faisait seulement confiance au test ADN qu'il allait l'obliger à faire.

Noémie n'a jamais su qu'il passait parfois des journées entières à la suivre et surtout à enquêter sur elle. Un jour, il a seulement confié à sa femme qu'il montait un dossier et qu'il serait explosif. Elle ignorait qu'il avait payé les services d'un détective privé, et elle a jeté à la poubelle le dossier avec inscrit « MURET », sans l'ouvrir.

Elle avait accepté l'invitation de Nathalie à prendre un thé chez Angélina, leur première vraie rencontre seul à seul, quelques jours avant la mort de Julien. Cette dernière lui avait expliqué sa démarche et pourquoi elle avait voulu rencontrer son géniteur. Ses mots ont ému Noémie. « Quand je l'ai vu au Plaza, j'ai cru que mon cœur allait exploser. J'ai tout de suite aimé cet homme », avait-elle confié. La femme de Julien était à conquérir.

Cette victoire fut facile : dès ce premier rendez-vous chez Angélina, elles se sont senties proches. Noémie attendait d'en parler à son mari, elle le sentait trop remonté contre Nathalie. Un jour, se persuadait-elle, il finira lui aussi par l'accepter. Il n'en a pas eu le temps.

Elle sait que Tristan l'apprécie. Il la trouve sympa, gentille, marrante et tellement utile à son père. Il dit aussi que cette histoire met du piment et de l'énergie chez les Delaporte. « Avec la perte de Julien, nous en avons tous bien besoin », dit-il.

Que Nathalie vive maintenant au côté de son beau-père est un soulagement. Elle le dit sans fausse honte. Noémie, occupée par ses filles, vaincue par sa tristesse, aurait été incapable d'un pareil dévouement. Tristan lui a confié qu'il partageait son sentiment. Tous deux louent son abnégation, satisfaits de savoir Jean-Pierre entre de bonnes mains.

8.

Les deux belles-sœurs passent un après-midi tranquille, sirotant des litres de thé Mariage Frères, dont Nathalie est venue avec trois sachets de différents arômes. Dans leur conversation, elle évite toujours d'évoquer Julien. Noémie le sent et lui en sait gré. Elle se surprend à éclater de rire, reconnaissant que Nathalie est la seule qui parvient à lui faire penser à autre chose. Les filles sont sorties pour aller elles ne savent où, mais elles s'en moquent. Elles sont si bien ensemble. Elles fouillent les petites annonces pour dénicher un nouvel appartement à Noémie. Elles en sélectionnent une petite dizaine, le plus écartés possible de ce quartier qu'elle veut fuir à tout prix. Nathalie propose de s'occuper des visites afin de lui épargner les laïus des agents immobiliers. Comme elle refuse, sa belle-sœur promet de l'accompagner. Noémie s'assoupit un moment. Quand elle se réveille, Nathalie n'est plus dans le salon. Trop lasse pour se lever, elle l'appelle. Peut-être est-elle partie ? Elle est sur le point de se laisser de nouveau emporter par la fatigue, quand Nathalie la rejoint, souriante comme à son habitude.

« J'étais aux toilettes, tout ce thé me donne envie de faire pipi ! »

Les WC sont à droite dans l'entrée alors que Noémie a l'impression qu'elle vient du fond de l'appartement, là où se trouvent les chambres des filles et le bureau de Julien. Mais elle doit se tromper et n'accorde pas plus d'importance à ce détail. La gaîté de sa belle-sœur emporte tout sur son passage.

Quand elle revient à l'appartement, après avoir garé la Mini Cooper de Jean-Pierre dans son box du parking de la Madeleine, Nathalie trouve le patriarche endormi.

« Décidément, s'amuse-t-elle, ils aiment roupiller dans cette famille ! »

Elle lui tape sur l'épaule, un verre de whisky à la main.

« Bonsoir, papa. Je t'ai apporté ton petit remontant. »

Il la regarde comme s'il ne la reconnaissait pas.

« Ah, c'est toi ! » réalise-t-il.

Puis il saisit le verre, et y trempe ses lèvres.

« Il est quelle heure ?

— Celle de passer à table ! Je t'ai pris une entrecôte. Je vais te la cuire bien saignante, comme tu l'aimes », ajoute-t-elle en posant un léger baiser sur son front.

Jean-Pierre incline la tête, murmure : « Merci, Judith. »

Elle rectifie : « Non, non, moi c'est Nathalie, ta fille ! Allez, finis ton verre avant d'aller dîner. Ce soir nous sommes tous les deux. Judith est restée avec Clara. On dîne en amoureux ! »

Il ne réagit que d'un pâle sourire, achevant son whisky d'une traite.

Nathalie rattrape de justesse le verre qui lui échappe des mains. Il ferme les yeux et s'endort de nouveau. Ce soir, Nathalie, au prix d'un gros effort pour le soulever, conduit son père dans un demi-sommeil jusqu'à sa chambre toute proche.

« Allez, Flanby, au lit sans manger ! » se désole Nathalie à haute voix en le bordant.

9.

M. Deltil (il ne saurait l'appeler autrement que « monsieur », alors que lui l'affuble de son prénom) accompagne les Delaporte depuis si longtemps qu'il fait presque partie de la famille. Il connaît ses plus intimes secrets. Tristan a encore en mémoire le souvenir de ce jeune médecin qui se penchait sur lui à la première alerte. Frédérique, sa mère, couvait ses deux garçons comme une maman poule, appelant en urgence Deltil au premier signe suspect. Elle ne lui a jamais reproché son diagnostic quand son appendicite qui a failli tourner à l'occlusion intestinale lui a échappé.

Le bon docteur Deltil, que Tristan ne consulte plus, poursuit sa carrière bien au-delà de l'âge habituel de la retraite. Par vocation sans doute, mais aussi parce qu'il a du mal à abandonner ses patients.

Il est le médecin de son père, et Tristan n'a pensé à l'appeler que quelques jours après sa visite à la Madeleine. Jean-Pierre avait une nouvelle fois annulé leur déjeuner mensuel. D'ailleurs, ce n'est pas lui qui l'a prévenu, mais Nathalie, arguant qu'ils préféraient ne pas sortir par peur de la recrudescence de l'épidémie de Covid. Nathalie regrettait sa décision, sans lui donner tort : « Papa se porte de mieux en mieux, et bientôt il va péter la forme comme autrefois. Ce serait dommage que le Covid le plombe de nouveau. » Cette explication l'a étonné, car rien ne pouvait le faire trembler, Jean-Pierre n'abdiquait jamais. Même au plus fort de l'épidémie en 2021, il affirmait qu'il « s'en battait les couilles de ce virus chinetoque », que c'était « une invention des labos pour se faire du fric » et que c'était des « malins chez Pfizer ». En bon observateur de l'économie, il n'a pas oublié d'investir dans un paquet d'actions de cette société au tout début de la crise… Il a refusé de dire combien il s'était fait dans l'opération, mais Tristan a cru comprendre que c'était à hauteur de plusieurs milliers d'euros.

Il avait fallu que Deltil insiste beaucoup, le menace presque, pour qu'il se fasse vacciner. Il refusait une fois encore d'être considéré comme un senior.

Deltil a été content d'entendre Tristan au téléphone, lui a demandé comment il allait, si le célibataire endurci qu'il était allait enfin « épouser une belle donzelle » qui lui donnerait plein d'enfants ; il lui a parlé de son métier de plus en plus dur et compliqué, critiquait ce « foutu *numerus clausus* qui foutait sa profession en l'air ». Pas un mot sur la mort de Julien, ni sur l'état de santé de Jean-Pierre.

Tristan lui a appris que son frère était décédé. « C'est vraiment la faute à pas de chance. Quelle imprudence de téléphoner en traversant », a-t-il réagi avant de demander : « Et Jean-Pierre, comment va-t-il ? Le décès de son fils a dû le dévaster. »

C'est à cet instant que Tristan a compris qu'il ne s'occupait plus de son père. D'un coup, l'homme qu'il a toujours connu d'humeur égale s'est emporté :

« Elle m'a viré du jour au lendemain avec pour seule explication que j'étais trop vieux et dépassé. Depuis, je n'ai plus eu aucune nouvelle de ton père. J'ai bien essayé à trois ou quatre reprises de lui parler, mais chaque fois, je suis tombé sur elle.

— Elle, vous voulez dire Nathalie, ma demi-sœur ?

— Je ne sais pas si c'est ta demi-sœur, ni si elle s'appelle Nathalie, mais la bonne femme qui m'a répondu n'était pas commode... » Il a ajouté, toujours aussi remonté : « Elle m'a envoyé balader quand je lui ai demandé le nom de mon remplaçant pour que je fasse suivre le dossier médical de ton père. Elle m'a assuré que M. Delaporte était entre de bonnes mains. Depuis, pas de nouvelles. Je n'ai pas compris et j'ai fini par abandonner. » Il s'excuse : « J'aurais dû t'avertir que je ne soignais plus ton paternel. »

Remis de sa surprise, Tristan veut comprendre pourquoi Nathalie aurait pris cette décision, et si Jean-Pierre était d'accord. Si elle l'a refusé à Deltil, elle transmet sans problème les coordonnées du nouveau médecin. C'est un certain Robert Fuget et son cabinet est à Beaugrenelle, dans le 15e, assez loin du domicile de Jean-Pierre, alors que Deltil n'est qu'à une rue. À sa voix, il est jeune, et à cheval sur le règlement : pas question de donner la moindre information sur la santé de son patient. Il a le toupet de lui demander : « Qu'est-ce qui me prouve que vous êtes son fils ? »

Quand Tristan s'étonne de son refus, il en réfère à la déontologie : « Je ne donne aucune information, encore moins par téléphone. » Il répète : « Rien ne me prouve, monsieur, que vous êtes le fils de M. Delaporte. »

Il raccroche après un définitif : « Au revoir monsieur. Pour de plus amples renseignements, veuillez prendre rendez-vous avec ma secrétaire. N'oubliez pas votre carte Vitale et *surtout* votre carte d'identité ! »

« Il se fout de ma gueule en plus ! » s'agace Tristan.

La communication est déjà interrompue quand il le traite de gros connard. Il rappelle et, bien sûr, il tombe sur sa messagerie. Le message qu'il y laisse n'a rien d'amical...

Il est tellement en colère qu'il envisage de se rendre sur-le-champ à son cabinet. Mais Mme Favier, qui l'enquiquine avec sa couleur « pas aussi parfaite que d'habitude », l'oblige à rester au salon.

« Putain, je vais la teindre en rouge, cette vieille peau, et elle ne me fera plus chier ! » pense-t-il en surveillant le travail de Marlène, une coloriste récemment engagée. Elle manque de métier et elle ne fera pas long feu. Il a eu le tort de se laisser convaincre par son décolleté avantageux.

Il reprend le travail de la coloriste quand son portable vibre. C'est son père.

Il est guilleret, se dit en superforme et, tout de go, propose de venir déjeuner, chez Foc ly.

« Mercredi prochain ? »

Il y a deux jours, il était « mourant » et le voilà « ressuscité », selon ses propres mots.

« J'ai un nouveau médecin formidable », assure-t-il.

Tristan réalise que son appel n'est pas étranger à celui qu'il a passé à Fuget. Par défi, il lui propose de venir ce midi.

« Avec grand plaisir ! Treize heures. »

En aidant Marlène à retirer les papiers d'aluminium sur la tête de Mme Favier, il réalise que son père ne l'avait pas appelé depuis longtemps.

Nathalie a raison, il passe par des hauts et des bas. Qu'il aille beaucoup mieux, c'est le principal !

10.

Comme toujours, Tristan entre dans le restaurant à l'heure prévue. Le patron le prévient que son père est déjà installé à l'étage. En grimpant les marches, Tristan s'étonne : « C'est bien la première fois que Jean-Pierre est ponctuel. »

Il comprend pourquoi... Son père n'est pas seul, Nathalie et Judith l'accompagnent. Avant même qu'il exprime sa surprise, elles se lèvent. Nathalie est tout sourire : « Il a fallu que papa insiste pour que nous venions. Si cela n'avait tenu qu'à moi, je vous aurais laissés entre père et fils ! Mais si tu préfères, on peut prendre une table ailleurs... »

Que répondre d'autre que « pas de problème », d'autant que Jean-Pierre approuve. C'est vrai qu'il aurait préféré l'avoir pour lui seul, mais ce serait mentir de dire que leur présence le dérange.

Jean-Pierre se lève sans trop de difficulté, l'embrasse, ce qu'il ne fait qu'exceptionnellement, préférant souvent une virile poignée de main. Avoir Nathalie à ses côtés le rend plus humain, se dit Tristan. Il le trouve amaigri, mais en bien meilleure forme que l'autre jour. Il le lui dit. Son père ne se souvient pas qu'il soit passé la Madeleine, avant que Nathalie le reprenne.

« Mais si papa, il t'a même apporté une boîte de macarons. »

Judith sourit : « En plus il les a déjà tous mangés, sans en laisser aux autres, hein monsieur le gourmand ? »

Elle pose un baiser sur le front de son grand-père, le rendant tout guilleret.

Même s'il est habillé avec soin, un costume anthracite et un tee-shirt noir, sa tenue étonne son fils. D'ordinaire, il vient cravaté, en costume. Il ne porte pas ses habituels mocassins à pompons bien cirés, mais des baskets blanches. L'autobronzant dont il s'est tartiné pour faire bonne figure ne parvient pas à cacher ses cernes.

Nathalie est encore passée par là, se dit Tristan.

Il claironne : « J'ai une faim de loup. » Puis ajoute : « Quel plaisir de te voir, mon grand ! »

Tristan est étonné, car il ne l'a jamais appelé ainsi.

Jean-Pierre a déjà entamé une bouteille de bordeaux. « J'ai commandé la plus chère, s'amuse-t-il. Les autres, c'est de la merde ! »

Il écarte son menu habituel. Aujourd'hui, ce sera nems pour tous et bœuf à la sauce piquante pour lui alors que Nathalie, Judith et Tristan se contenteront de bouchées à la vapeur. Durant le déjeuner, il monopolise la parole. Il revient un court instant sur le décès de Julien. Il l'évoque avec tant d'émotion qu'une légère larme perle sur la joue de Nathalie. Judith précède Tristan en posant une main amicale sur la sienne. Jean-Pierre la prend et la serre. Nathalie conclut à sa place :

« Notre frère restera à jamais dans mon cœur, mais il faut savoir avancer, hein papa ? Malheureusement, ce ne sont pas nos lamentations qui le feront revenir. »

Il parle de son projet de replonger dans les affaires, car « on ne peut pas laisser l'entreprise de la famille Delaporte aux mains d'inconnus ». Tristan comprend alors, au regard que son père pose sur Nathalie, qu'il pense à elle pour en prendre la direction une fois qu'il aura « mis de l'ordre dans tout ce bordel ».

Il a même un jugement sévère qui ébranle Tristan.

« Ton frère n'a pas laissé la boîte en aussi bon état que je le pensais. Et puis ce déménagement en banlieue, quelle erreur ! »

Nathalie le reprend : « Tu exagères, papa. Julien était un grand patron, ton digne successeur. »

Là, il s'emporte, presque fâché et prenant son fils à témoin : « Je lui ai trop fait confiance, la société allait se casser la gueule à plus ou moins brève échéance. On allait couler. »

C'est tout juste s'il n'ajoute pas qu'il ne se serait aperçu de rien si Julien n'était pas mort.

Nathalie, sentant que la situation pourrait mal tourner, appelle le serveur pour commander les cafés. Jean-Pierre insiste pour prendre un dessert : mangue et riz gluant. Il ajoute : « Apportez-moi un verre de cet excellent bordeaux. » Tristan réalise qu'il a quasiment vidé la bouteille tout seul.

Puis, petit à petit, alors que le dessert tarde à venir, Tristan le voit s'éteindre comme une bougie… La mangue serait restée intacte si Judith ne s'en était pas servie sans même demander la permission.

« Il faut y aller, s'exclame Nathalie. On rentre chez nous, papa. »

Elle a dit « chez nous », Tristan n'en revient pas. Voilà maintenant qu'elle s'approprie l'appartement…

Avant de se séparer, tandis que Judith soutient son grand-père jusqu'aux toilettes, Nathalie prend son frère dans les bras.

« Je suis tellement heureuse que papa ait retrouvé la santé et surtout sa joie de vivre !

— Je l'ai trouvé fatigué sur la fin.

— Le bruit, la durée du déjeuner, le vin aussi, tout ça l'épuise un peu. Crois-moi, notre papa se porte beaucoup mieux.

— Il veut vraiment retourner aux affaires, reprendre sa boîte ?

— C'est formidable, non ? Quel homme, notre père ! »

Quand Jean-Pierre revient, Tristan ne dit rien mais il remarque que son pantalon est taché au niveau de la braguette. C'est pas possible qu'il se soit pissé dessus !

Nathalie et Judith l'embrassent, tandis que son père lui tend une main hésitante. Sa nièce fait promettre à Tristan de venir les voir rapidement. Elle demande timidement s'il accepterait de la coiffer un jour.

« Bien sûr, avec grand plaisir, en plus tu as des cheveux magnifiques.

— Et pas question que je ne paie pas, lance-t-elle.

— C'est gratuit pour la famille. Ton grand-père mériterait lui aussi une bonne coupe ! »

Il les regarde s'éloigner, tenant chacune Jean-Pierre par un bras pour l'aider à avancer, complices. Il ne sait pas ce qu'elles se disent, mais la mère et la fille rient aux éclats. Nathalie pose un baiser sur le front de Jean-Pierre. À l'instant où elle l'aide à s'asseoir à l'avant d'une berline noire, elle semble ravie.

11.

Jean-Pierre a peiné, surtout sur la fin, mais il est content d'avoir tenu. Peut-être aussi a-t-il un peu trop bu. Foc ly lui avait manqué et il se promet d'y revenir vite. Leurs nems sont les meilleurs de Paris !

Quant à son fils, il est toujours égal à lui-même.

Jean-Pierre est assis devant, « à la place du mort », étonné d'avoir cette pensée. Il répond d'un signe de tête au chauffeur qui lui demande s'il est bien installé. Son esprit vagabonde.

Sa décision lui est apparue comme une évidence tandis qu'il achevait la bouteille de bordeaux. Il la lui annoncera dès qu'ils seront à l'appartement. Il est certain que Tristan sera enchanté. Noémie aussi. Frédérique, son ex, sera la seule à l'engueuler. Il s'en fout, il a l'habitude.

Pris dans les embouteillages, c'est sourire aux lèvres qu'il s'endort. Sa tête s'incline sur le chauffeur qui tente maladroitement de le repousser. Nathalie s'excuse.

« C'est l'heure de la sieste de mon père », explique-t-elle en redressant au mieux Jean-Pierre sans le réveiller.

Elles ont toutes les peines du monde à le monter et le coucher. Il répète sans cesse :

« J'ai quelque chose de très important à te dire, c'est très important.

— On verra plus tard si tu t'en souviens... N'oublie pas ! » lui répond sa fille.

Quand il émerge deux heures plus tard, il les trouve toutes deux dans le salon. Judith se moque en le découvrant en tee-shirt et en caleçon.

« Jean-Pierre, on ne se présente pas dans cette tenue devant des jeunes femmes ! »

Il en rougit tandis que Nathalie lui passe une robe de chambre.

« Alors, le relance-t-elle, qu'est-ce que tu voulais me dire de si important ? »

Jean-Pierre s'assoit, se racle la gorge, demande un whisky bien qu'il ne soit que cinq heures et demie, et y trempe ses lèvres.

Judith dit « je vous laisse », en se levant.

« Non, reste ici », ordonne-t-il d'une voix encore faible. Il prend les deux mains de Nathalie et annonce, martial : « J'ai l'intention de te reconnaître comme ma fille. Je veux t'adopter afin que tu sois aussi une Delaporte. »

Un silence s'installe. Nathalie semble réfléchir tandis qu'il ne la quitte pas du regard. Presque implorant, il lui dit : « Évidemment, je ne veux rien t'imposer. »

Elle se contente de lui faire un long baiser sur le front.

« C'est magnifique, papa, mais laisse-moi le temps d'y réfléchir... » Elle ajoute : « Je te connais depuis si peu de temps, ça va trop vite !

— Plus d'un an, quand même, rectifie-t-il. Et puis, c'est toi qui as évoqué cette idée la première.

— Attendons encore un peu… Que vont en penser les tiens ? Et surtout Tristan…

— Dans cette famille, c'est moi le patron, mais si tu as besoin de réfléchir, je comprends. En tout cas, sache que ma volonté ne changera jamais. » Il poursuit : « Pour moi, tu es ma fille à 100 %. » Il se tourne vers Judith : « Et toi, ma petite-fille. » Il sourit : « À 100 % ! À 1 000 % ! »

Jean-Pierre donne l'impression de rassembler ses forces avant de lancer comme une ultime supplique : « Je me reconnais en toi, ma Nathalie. Tu es la fille que j'attendais. Celle dont j'ai besoin. Accepte, s'il te plaît.

— Laisse-moi un peu de temps, papa. Ça bourdonne trop dans ma tête. Il faut que je me pose. »

Il se morfond depuis deux heures, à tourner dans sa chambre, résistant au sommeil qui le gagne de nouveau. N'est-il pas allé trop vite ? Et si, après en avoir pesé le pour et le contre, elle choisissait de le quitter ? L'adopter est le seul moyen qu'il a trouvé pour lui montrer l'importance qu'elle représente pour lui. Dans son état, il a conscience qu'il ne s'en sortira pas sans elle.

Quand elle frappe à la porte, il est incapable d'esquisser le moindre geste. Elle ouvre d'autorité, suivie de Judith. Il chuchote un « alors ? » impatient.

Nathalie s'assoit à ses côtés sur le bord du lit, et prend sa main. Leurs visages ne sont qu'à quelques centimètres. Judith n'est pas loin, un peu en retrait.

Nathalie dit qu'elle a beaucoup réfléchi, tourné la question dans tous les sens, beaucoup hésité. Elle en a aussi parlé à sa fille, car la décision la concerne également.

Elle lâche enfin : « J'accepte, papa. » Elle attire Judith. « Nous acceptons. »

Elle rayonne de bonheur.

« Rien ne me rendra plus heureuse, papa. »

Elle est en pleurs. Judith aussi. Lui, si peu tactile d'ordinaire, se laisse emporter par leur élan de joie. Tous trois se retrouvent serrés les uns contre les autres.

Jean-Pierre ne cache pas sa satisfaction : « Nous sommes à jamais liés. Vous êtes des Delaporte ! »

Nathalie se détache la première. Elle pose une condition :

« Promets-moi que nous y renoncerons, si Tristan et même Noémie s'y opposent. Je ne veux pas provoquer de malaise dans ta famille.

— C'est désormais la tienne !

— Que je sois reconnue officiellement ou non, cela ne changera rien. Je le ressens au plus profond de moi-même et personne ne pourra me l'enlever. Tu es mon père, le seul, le vrai.

— Et mon grand-père chéri ! ajoute Judith en le prenant dans ses bras.

— Il ne faut pas pleurer, Judith, est-ce que je chiale, moi ? Ce n'est qu'une simple formalité. »

Quand elle l'abandonne après une ultime étreinte et des « mercis » répétés à satiété, Judith glisse en aparté à sa mère :

« Bravo, maman, tu y es arrivée. Nous voilà des Delaporte ! »

12.

La soirée a été douce et belle, le dîner délicieux, sans parler du grand cru ouvert pour l'occasion. Tandis qu'il sirote le whisky servi par Judith, il la regarde jouer avec ses actions boursières. Par le passé, il lui a prodigué quelques bons conseils, mais le septuagénaire a fini par abandonner. Elle va trop vite pour lui, il ne suit plus. La jeune femme excelle. Son portefeuille personnel ne cesse de grimper et voilà que maintenant elle donne des conseils à son grand-père qu'il trouve judicieux. Tout naturellement, il lui a laissé gérer l'ensemble de son patrimoine.

Puis il est allé se coucher. Ce soir, Nathalie n'a pas eu à l'accompagner.

Au matin, il est si impatient d'appeler Tristan qu'il le prend quasiment au saut du lit.

Il se sent en pleine forme, ce qui lui arrive rarement au réveil. À croire que la réponse positive de sa fille l'a requinqué. Lui qui a, d'ordinaire, des nuits compliquées a enfin bien dormi.

« Tu as failli me réveiller ! Nathalie m'a pourtant dit que tu faisais la grasse matinée.

— J'ai une bonne nouvelle à t'annoncer.

— J'espère qu'elle l'est, car avec toi elles sont souvent mauvaises ! plaisante Tristan.

— Elle l'est ! Très bonne, même ! »

Jean-Pierre se moque de la réaction de son fils. Que ça lui plaise ou non, il fera avec. Sa décision est irrévocable. Il est seulement pressé de le lui dire.

« Tristan, je t'appelle pour t'informer que j'ai décidé d'adopter Nathalie. »

Un court silence suit.

« Je m'y attendais ! Pas de problème, papa... Et puis, si c'est ta décision...

— Ta réaction me fait vraiment plaisir, fiston. »

« Fiston », voilà un autre mot que Tristan n'a jamais entendu dans la bouche de son père. Décidément, les temps changent, se dit-il en se souvenant que son père déteste les surnoms et les diminutifs.

Jean-Pierre se sent obligé de lui dire que ce désir d'adoption n'a rien à voir avec la perte de son frère.

« Tu as pris la décision qui s'imposait, Jean-Pierre... Elle est une Delaporte, après tout. » Tristan ajoute : « Moi aussi, j'aime beaucoup Nathalie. »

Le patriarche le croit quand il affirme qu'il la considère comme sa sœur depuis le jour où il l'a rencontrée. Jean-Pierre est aux anges, d'autant que son fils anticipe ce qu'il craint d'annoncer.

« N'aie aucune inquiétude au sujet de l'héritage. D'abord, et je croise les doigts, tu seras centenaire, mais surtout, ça ne me pose aucun problème. C'est ma sœur, et que nous partagions le magot me semble tout à fait normal.

— Le magot, n'exagère pas, fiston. Il te restera une belle part. Et puis surtout, je n'oublierai pas les enfants de Julien.

— Évidemment. Y a pas que l'argent dans la vie. Je te répète que j'aime beaucoup Nathalie. Nous sommes sa famille. » Il proclame : « C'est ma sœur et je l'adore ! »

Avant de raccrocher, ils prennent rendez-vous pour le mercredi suivant chez Foc ly.

Jean-Pierre entend derrière lui : « Alors, comment il a réagi ? » C'est Nathalie, il ne l'avait pas entendue approcher.

« Il est très heureux que tu fasses partie des nôtres. »

Il est ravi de voir son visage s'éclairer de bonheur. Tout roule comme il l'espérait. Il ne saura jamais pourquoi, mais à cet instant, il dit tout bas que la seule petite ombre au tableau est de n'avoir pas encore revu Marielle, sa mère.

« Elle vit loin maintenant.

— Où donc ?

— Elle voulait du soleil… Elle s'est installée à l'île Maurice. Je te l'ai déjà dit, non ? »

Jean-Pierre ne relève pas. Il n'aime pas qu'on lui dise qu'il perd parfois la tête.

« Nous irons en vacances là-bas ! annonce-t-il. Il faut que tu l'informes que je veux t'adopter. Nous avons besoin de son accord. On n'a qu'une maman… », ajoute-t-il sottement.

Elle relève ses yeux embués.

« Et un seul papa », murmure-t-elle.

13.

Après avoir raccroché avec son père, Tristan attend un peu avant d'appeler Nathalie. Jean-Pierre l'a encouragé à le faire pour qu'il la rassure en lui confirmant qu'elle est la bienvenue dans le clan Delaporte.

En réalité, il s'en moque. Nathalie fait déjà partie de la famille, et un papier officiel n'y changera rien. Évidemment, ils n'ont pas de passé commun, de souvenirs familiaux à partager, sauf celui, infime, de s'être croisés sur la plage de La Baule bien des années plus tôt, le temps d'une photo.

Un jour, elle lui a confié qu'il était son idole au club Mickey de La Baule. Il paraît même, à l'écouter, qu'il s'amusait à coiffer ses cheveux bouclés.

« Tu avais déjà la vocation ! s'est-elle écriée. Nous ne savions pas que nous étions frère et sœur et, à l'époque, j'étais sans doute amoureuse de toi ! »

— Je ne comprends pas, s'était-il étonné, tu m'as dit que ton père ne voulait plus revenir à La Baule. Ce gamin, ça ne peut pas être moi !

Elle ne s'était pas démontée. Elle l'avait confondu avec un autre petit garçon sur la plage du Pilat. « Il s'appelait Tristan, lui aussi. J'aimerais bien savoir s'il est également devenu coiffeur ! »

Il n'est pas encore 8 heures quand il appelle. Il ressent dans ses premiers mots une émotion extrême.

Elle confie à quel point elle est heureuse. « Même dans mes rêves les plus fous je n'ai jamais imaginé que notre père me fasse cette proposition. Maintenant je me sens vraiment sa fille », annonce-t-elle.

Elle dit aussi qu'ils forment une famille formidable et qu'il est un frère extraordinaire. Elle parle du plaisir, de l'honneur d'en faire partie. Elle dit aussi qu'elle craignait un peu sa réaction. Elle revient sur la perte de Julien, ce frère qu'elle aurait tellement voulu mieux connaître.

« Quel malheur de l'avoir perdu. »

Elle souffle qu'elle aurait aimé partager avec lui le bonheur d'être une Delaporte. « Que Julien soit décédé avant restera une plaie jamais refermée », ajoute-t-elle, au bord des larmes. Elle se reprend : « Heureusement, j'ai notre papa, et je vous ai… vous tous !

— Tu as averti Marielle, ta mère ?

— Bien sûr. Elle est ravie et m'a même aussitôt donné son accord. »

Nathalie confie qu'un dernier point la tracasse. Elle souffre encore au sujet de Frédérique : elle a le sentiment que la mère de Tristan ne l'aime pas.

« Je n'ai pas de mauvaises intentions contre elle, tu le sais, hein, Tristan ?

— Bien sûr que je le sais. » Il tente de la rassurer : « C'est normal, il faut la comprendre. Ce n'est jamais facile d'apprendre que son mari la trompait au point de faire un enfant à une autre et qu'ensuite il décide d'adopter le fruit de ses amours illégitimes…

— La pauvre femme, souffle-t-elle.

— De toute façon c'est sans importance. Maman ne limite ses relations avec papa qu'au strict nécessaire.

— Elle a refait sa vie, fait-elle remarquer. Ça devrait lui suffire. Et puis, Jean-Pierre est tellement généreux avec elle. »

Tristan s'engage à être son avocat auprès de sa mère.

« Tu n'y es pour rien si notre père était un cavaleur. Et il n'a pas fait que des conneries, la preuve !

— La preuve ?

— C'est toi, la preuve !

— Il était temps qu'il y ait une fille pour mettre un peu d'humanité dans ce clan de bonshommes. »

Il rit : « Et pour nous prendre tout notre pognon ! »

14.

Les choses n'ont pas traîné. Les papiers sont faits. Elles s'appellent Nathalie et Judith Delaporte-Fitzgerald. Le notaire parisien qui s'est occupé des formalités a prévenu Tristan qu'un tiers de l'héritage de Jean-Pierre lui reviendrait.

« C'est parfait comme ça », a-t-il répondu pour couper court à toute polémique.

Le notaire n'était pas convaincu : « Vous êtes certain que cette femme est sa fille, vous lui avez demandé un test ADN ?

— Bien sûr, a menti Tristan. Les Delaporte, et mon père le premier, sont des gens sérieux.

— Si vous le dites… »

Frédérique a maudit son ex-mari, comme il s'y attendait. La réaction de Noémie n'a pas non plus surpris. La veuve de Julien n'y a vu aucun inconvénient. Elle a trouvé que son beau-père s'était montré chevaleresque (ce sont ses mots). La part que toucheront ses deux filles sera de toute façon conséquente. « Elles ont la chance d'avoir un grand-père fortuné », a-t-elle dit.

Elle a conclu en disant qu'elle aimait beaucoup sa belle-sœur et Judith.

Ce n'est pas tout. Jean-Pierre a aussi décidé de changer de vie, de quitter Paris. Il vient de l'annoncer à son fils et sa décision semble irrévocable. Il est très calme, s'étonne même que Tristan n'en revienne pas de son choix.

« Qu'est-ce que tu vas aller t'enterrer dans ce trou ? Je te rappelle que tu as toujours affirmé que tout se passait à Paris. Qu'ailleurs, c'était le désert. Tu vas te retrouver entouré de vieux retraités qui vont faire chier leurs clébards sur la plage. »

Ses raisons sont multiples, mais pour résumer, Jean-Pierre dit en avoir ras le bol de vivre ici. Le bruit, la saleté, l'insécurité, la pollution, Hidalgo, les vélos, les trottinettes, les travaux, les Parisiens..., la litanie de ses griefs est sans fin.

Se couper de ses petites-filles n'est pas un argument : « Elles viendront me voir ! » Il précise qu'il va faire creuser une piscine « chauffée ».

« Reviens sur terre, Jean-Pierre », insiste encore Tristan, bien qu'il sache qu'il n'arrivera pas à le faire changer d'avis. Il lui parle de ses amis, de ses activités, des cocktails où il croise de jolies femmes.

« Des copains de pacotille, quant à mes hobbys, notamment le jeu en Bourse, je les poursuivrai de là-bas. Au calme et sans pression. »

Il a décidé de s'installer dans sa maison de La Baule. Sa décision, dont il n'avait pas parlé à son fils, était prise depuis longtemps. Tristan apprend à cette occasion qu'il a tout refait à neuf avec l'aide de Nathalie.

« Ta sœur a un goût extraordinaire ! »

Son déménagement a lieu mercredi.

« Mercredi... Mercredi prochain ? s'exclame son fils.

— Oui, dans cinq jours. Tout est organisé !

— Je ne pourrai pas te dire au revoir avant, car je suis en déplacement en province pour l'annuelle tournée de mes salons.

— Ce n'est pas bien grave, nous nous sommes assez vus ! » plaisante Jean-Pierre. Il s'amuse : « La seule chose qui va me manquer, ce sont nos déjeuners chez Foc ly. Mais bon, ils ont d'excellents chinois, là-bas ! » Il ajoute, sur ce ton toujours aussi mutin : « Tu m'enverras ta coiffeuse aux gros seins pour s'occuper de moi.

— Pas de pot, j'ai viré Marlène !

— Et pourquoi donc ? Virer une aussi belle poitrine, tu es un monstre, Tristan !

— J'avais peur que tu lui fasses un gosse ! »

Jean-Pierre éclate de rire : « Dans ce cas, je demanderai à ta sœur de la remplacer. Elle a tant de qualités que je suis sûr qu'elle a aussi des dons de coiffeuse ! »

C'est ainsi que Tristan apprend que Nathalie et Judith vont s'installer avec lui dans la vaste maison de son enfance.

Sans doute l'a-t-il oublié, mais Jean-Pierre n'a pas dit à son fils de venir le voir… Ni qu'il lui manquerait.

PARTIE 3

1.

Nathalie étend sur lui un plaid épais en coton.

« Il ne faudrait pas en plus que tu prennes froid. »

Après sa longue sieste, elle l'a installé sur la terrasse ensoleillée de la fin d'après-midi. Elle lui sert un thé brûlant.

« C'est bon pour la gorge et ça t'aidera à l'avaler », ajoute-t-elle en sortant une gélule de sa boîte à médicaments. Jean-Pierre a confiance et ne demande plus son utilité. Il y a ceux pour le cœur et la circulation, d'autres pour sa vessie capricieuse. Enfin, cette gélule contre son anxiété, à prendre matin, midi et soir.

C'est à ce prix qu'il tient.

« Merci, ma chérie. » Il s'inquiète soudain : « Où est Judith ?

— Elle travaille dans sa chambre. »

Inutile de lui dire qu'elle est sortie et qu'elle n'est pas sûre qu'elle rentrera pour dîner. Il aime tant avoir sa petite-fille à ses côtés qu'elle devra inventer une autre raison.

« Nous sommes vraiment bien ici, au calme, non ? Quel temps superbe ! »

Tristan l'avait prévenue avec son humour si particulier : « Tu vas t'installer au pays de la pluie ! Dans ce coin, il flotte trois cent soixante-cinq jours sur trois cent soixante-cinq. Et le pire c'est que nous sommes en année bissextile ! »

Jean-Pierre s'en souvient, demande son téléphone et l'appelle. Il laisse un message : « Désolé de te décevoir, mais il fait un soleil radieux quasiment tous les jours depuis notre arrivée à La Baule. Ta sœur t'embrasse ! »

Il repense à sa remarque, un peu perfide, « tu vas t'emmerder, y a pas de jolies femmes à emballer ! ».

Il aimerait lui dire que, ne lui en déplaise, son soleil, ou plutôt « ses soleils » et « ses femmes » sont la présence de Nathalie et de Judith à ses côtés.

Ces deux-là sont tellement charmantes et s'occupent si bien de lui.

Il a laissé le choix de déco de la villa à Nathalie. Après qu'il l'avait achetée, elle était restée dans son jus et elle avait besoin d'un bon coup de jeune. Nathalie s'est chargée de tout. Après trois mois de travaux et près de cinq cent mille euros dépensés, la Villa Hortense est parfaite. Des cloisons ont été abattues, des ouvertures faites, et les meubles remplacés. Elle était étriquée et sombre. Tout a été repeint en blanc et le sol refait en béton ciré. Elle est spacieuse et lumineuse avec une superbe vue sur l'océan, au loin.

Jean-Pierre occupe une grande chambre sur l'aile, se dispensant ainsi d'emprunter l'escalier abrupt en marbre blanc. La mère et la fille ont investi le premier étage, où il ne s'aventure plus de peur de perdre l'équilibre dans l'escalier.

Il profite d'un immense salon dans lequel il passe du temps devant la télé. Judith l'a converti à Netflix et il enquille des séries, souvent durant un après-midi entier, dans son fauteuil club en cuir qu'il a rapporté de Paris. Il lui arrive d'y rester pour faire sa sieste quotidienne tant monte vite la fatigue après le déjeuner.

Judith, qui le rejoint en fin de journée, continue de partager sa passion pour la Bourse. Elle est de plus en plus performante, et il est fier de sa petite-fille dont le patrimoine qu'il a ouvert pour elle a gonflé de 30 % en une semaine. Pareil pour ses propres actions et obligations dont elle s'occupe comme si c'était son argent. Ces longues heures de diversion représentent le meilleur moment de sa journée et il craint d'en être privé aujourd'hui. Parfois Nathalie les retrouve. Elle a conservé de beaux restes de son passé professionnel de trader, avant qu'elle ne travaille dans les assurances. Elle le surprend agréablement par des décisions plus qu'audacieuses.

Ces dernières semaines, il accepte ce qu'il se forçait à nier : son corps vacille, mais il se rassure, car la tête est toujours là.

Lui qui avant n'obéissait à aucune règle, sauf de n'en faire qu'à sa guise, a ici une vie parfaitement réglée. Il était un lève-tôt, il ne se réveille désormais plus avant 9 heures. Il prend un petit déjeuner copieux alors qu'il se contentait d'un café, avalé à la hâte, en surveillant dès le matin les cours de la Bourse. Puis il s'oblige à une heure de marche sur la plage, toujours le même parcours.

Il détestait s'encombrer d'un animal, or il vient d'adopter un chien à la SPA. Il a cédé à sa petite-fille qui a insisté pour appeler Bébé ce setter irlandais, fougueux et affectueux comme tout. Bébé l'accompagne dans sa promenade quotidienne sur le sable. Ce clébard pourrait jouer des heures, à aller chercher la balle qu'il rapporte au pied. Quand il en a le courage, il va jusqu'au bout de la plage. Mais cela arrive de plus en plus rarement, surtout les jours où le vent venu du large le freine. Le chien se couche à ses pieds pendant sa sieste. Nathalie insiste pour l'entraîner à des événements culturels, parfois jusqu'à Nantes. Étonnamment, lui qui les fuyait y prend plaisir, même s'il y fatigue vite. Elle lui donne des coups de coude pour le réveiller. Sinon, ils dînent de bonne heure tous les trois. Judith raconte sa journée de prépa, parle de ses amis. Il ne la taquine plus sur ses amours depuis qu'elle refuse d'en parler. Il l'encourage à passer le concours d'entrée dans une grande école – elle vise HEC – même s'il appréhende le jour où elle les quittera pour suivre ses études loin d'ici. Après le dîner, il jette un œil de moins en moins intéressé aux infos, puis il se laisse entraîner vers son lit par sa fille, dont il sent le doux baiser sur son front tandis qu'elle lui souhaite de beaux rêves et qu'il avale un somnifère pour la nuit. Dans ce tableau qu'il trouve idyllique, les femmes dont il faisait une consommation effrénée ne lui manquent pas. Il le dira à Tristan, persuadé que ça le fera marrer.

Il y a un mois de cela, il a rencontré Eva, une belle rousse d'une trentaine d'années, divorcée. Tout ce qu'il aime ! Ils se sont croisés sur la plage où, comme lui, elle promenait son chien que Bébé a snobé. Le lendemain, il a invité Eva au restaurant. Elle était prête à le suivre à l'hôtel, mais, à la dernière seconde, il a fait marche arrière sous prétexte d'un rendez-vous important. Peut-être a-t-il eu peur de ne pas être à la hauteur.

Quand ils se voient encore sur la plage, ils se contentent d'un simple « bonjour », Bébé continuant à refuser de jouer avec le berger allemand.

Jamais il ne l'avouera, mais la libido qui l'entraînait dans des folies l'a lâché sans qu'il en souffre. Elle reviendra peut-être et il se dit qu'il y a un temps pour tout.

Il est beaucoup plus heureux dans le calme et la sérénité de son nouveau cadre de vie, dorloté par « ses femmes ».

Tristan vient passer le week-end avec eux. Nathalie s'en réjouit : « Enfin, ton fils daigne venir voir son père ! » Lui, il réalise surtout que son fils ne lui manque pas vraiment. Depuis combien de jours n'a-t-il pas pensé à lui ?

2.

Tristan éprouve de l'affection – pour ne pas dire de l'amour – mêlée d'admiration pour Jean-Pierre, mais il se dit souvent qu'il n'est pas facile d'avoir un père comme le sien. Centré sur sa personne, égoïste, imprévisible, à la fois si charmeur et, à l'inverse, si agaçant.

Durant le peu de temps qu'il a passé à La Baule, tout a tourné autour de sa personne. S'il s'est intéressé à la vie de son fils, à ses affaires, c'est par obligation. Jean-Pierre a fait le beau en aparté, racontant à son fils l'après-midi passé à l'hôtel avec « une rousse au tempérament de feu ! ».

« Toi qui disais qu'il n'y avait que des vieilles peaux, c'est raté ! »

Bref, il n'y en a eu que pour lui, son quotidien, sa vie au grand air, et surtout sa santé.

Tristan a prétexté un rendez-vous important pour abréger son séjour de vingt-quatre heures. Son père n'a même pas eu la curiosité d'en savoir davantage sur son départ précipité. Nathalie, elle, l'a compris, et s'en est montrée désolée.

« Papa parle beaucoup de lui. Mais c'est une façade. Il a du mal à exprimer ses sentiments. Alors il parade pour mieux les cacher. Crois-moi, Tristan, il éprouve une très grande affection pour toi.

— Si tu le dis…

— Oui, il t'aime énormément, mais il ne sait pas comment te le montrer.

— Le principal c'est qu'il soit heureux ici… Avec vous », a ajouté Tristan, un brin amer.

Puis il a demandé : « Il est bien suivi, ici ? Parce que en province, les médecins…

— Oui, par le docteur Fuget, l'interrompt Nathalie.

— Fuget ! s'exclame Tristan. Ne me dis pas que c'est le même médecin qu'à Paris ? s'exclame Tristan.

— Bien sûr que si, il est très bon et notre père l'apprécie beaucoup.

— Qu'est-ce qu'il fout là ?

— Il s'occupe de papa ! Je lui fais confiance à 100 % ! »

Elle lui explique que son docteur les a suivis ici quand Jean-Pierre a décidé de s'installer à La Baule. Il a ouvert un cabinet dans le centre-ville.

Elle sourit : « Papa est son meilleur patient… Il le suit au quotidien. Évidemment, Jean-Pierre le rémunère surtout parce que ça le rassure d'avoir un médecin à disposition, même s'il a déjà une bonne clientèle ici.

— Le fric, on s'en fout, mais tu es sûre qu'il est bon ?

— Il n'est pas bon, il est excellent ! »

C'est perdu dans ses pensées que Tristan remonte sur Paris. Il se dit qu'il aurait dû prendre l'avion… Ces heures de train lui semblent une éternité à ressasser ces moments passés aux côtés de son père, de sa demi-sœur et de Judith. Ils lui laissent un sentiment désagréable.

Sa première impression a pourtant été excellente. Jean-Pierre a paru en bonne forme. Il a un peu décliné, mais elle était bien meilleure qu'à Paris. « L'air marin, y a pas mieux », a-t-il assuré. Il a le teint hâlé par ses longues promenades en bord de mer. Il a repris du poids. Tristan a senti son père plus vif, laissant apparaître quelques traces de l'homme flamboyant qu'il était avant la perte de Julien.

Nathalie l'a accueilli avec un immense sourire, sa fille par un « Enfin, tu es là ! » enflammé et il a même caressé son chien qui s'est jeté sur lui dès qu'il est arrivé.

« Tu as de la chance, a dit Judith, il n'est pas gentil avec tout le monde. Bébé a ses têtes. »

Il n'en revient toujours pas qu'il ait pris un chien, lui qui ne voulait pas en entendre parler quand Julien et lui en réclamaient un.

La maison est vraiment splendide, vaste, très agréable. Nathalie, et il l'a félicitée, a vraiment du goût. En plus, il faisait grand soleil. Elle avait préparé une belle salade, Jean-Pierre a servi du champagne, puis a ouvert un délicieux bordeaux dont il s'est servi copieusement.

C'est alors qu'il a commencé à parler de lui, jusqu'à radoter, revenant à deux ou trois reprises sur les mêmes anecdotes.

Après le déjeuner, Tristan l'a accompagné dans sa balade sur la plage avec son chien.

Il voulait profiter de ce moment d'intimité avec son père pour savoir s'il était aussi heureux qu'il le prétendait lorsqu'il évoquait le sujet en présence de sa fille. Mais Judith ne les a pas laissés seuls longtemps. Elle est venue prendre « une bouffée d'océan » avec eux. Jean-Pierre a bien voulu qu'elle lui prenne le bras, ce qu'il avait refusé à Tristan quelques minutes plus tôt. Il s'était fâché : « Je n'ai pas besoin qu'on m'aide. Je sais marcher comme un grand ! »

Nathalie était délicieuse, attentive à tout. Elle s'est en plus révélée une excellente cuisinière. Tristan n'a rien trouvé à lui reprocher.

Quant à sa nièce, elle a été souriante et polie, visiblement déjà attachée à son grand-père.

Bref, tout s'est déroulé sans un seul accroc. Alors, pourquoi avoir abrégé son séjour, pourquoi ce sentiment de malaise qui l'étreint soudain, rien qu'à penser à ces deux jours passés avec eux ? Ce sentiment de frustration l'accompagne jusqu'à Montparnasse. Il réalise enfin pourquoi : tout était parfait, trop peut-être, il n'a pas décelé la moindre ombre sur le quotidien de son père. Mais pourquoi n'a-t-il cessé de répéter : « Je crois, je suis même sûr, que je n'ai jamais été aussi heureux de toute ma vie » ?

Le regard plein d'amour qu'il a posé sur la demi-sœur de Tristan, au lieu de rassurer son fils, a intrigué ce dernier. Comme s'il en faisait trop à son égard aussi. Comme s'il voulait à tout prix le convaincre que tout allait bien, que sa fille était formidable. Et sa petite-fille une perle.

L'image de Jean-Pierre se forçant à terminer son gâteau au chocolat, affirmant qu'il n'en avait jamais mangé d'aussi bon, lui revient comme un boomerang. Son visage morne n'affichait aucun enthousiasme. Et pourtant il l'a fini, ce putain de gâteau. Comme s'il se sentait obligé d'en faire des tonnes.

Fidèle à son habitude, Nathalie s'est excusée. Son gâteau était trop sucré.

« Ah non, il est parfait ! » a répliqué Jean-Pierre.

Tristan rejoint son appartement. Il espère qu'une soirée en solitaire l'apaisera. Il sait qu'il ne reviendra pas de sitôt à La Baule. Il comprend enfin pourquoi il rentre amer. Tous en faisaient trop, et lui, il se sentait de trop. Comme s'il n'avait plus sa place auprès de son père.

3.

S'ils avaient échangé un regard à l'instant où Tristan était monté dans son taxi, ils auraient poussé un « ouf » commun de soulagement. Nathalie était occupée à lui souhaiter un bon retour en agitant la main, Judith à lui faire promettre de revenir vite, et Jean-Pierre à tenir péniblement debout alors que le vent redoublait. Il frissonnait, sentait venir une montée de fièvre et n'avait qu'une hâte : que son fils disparaisse de leur cadre de vie. Ce que Nathalie nomme « leur cocon ».

Il a regagné son vieux fauteuil tandis que sa fille s'affaire déjà à la cuisine, et Judith est plongée sur son portable, assise dans le canapé voisin.

« Qu'est-ce que tu regardes ? demande Jean-Pierre.

— Rien, des trucs débiles. »

Elle ne va quand même pas dire à son grand-père qu'elle consulte des sites où elle déniche des infos interdites.

Elle change vite d'application et montre à Jean-Pierre des images de chats faisant les pitres.

« Pauvres bêtes… Et ça t'amuse ces trucs-là…

— Ça passe le temps… »

Puis elle replonge dans le darknet.

Pourquoi est-il à ce point soulagé d'être débarrassé de son fils ? Le week-end passé avec Tristan n'a pas été une tannée. Il a été charmant, beaucoup plus qu'à son habitude. Tristan peut se montrer insupportable, il est souvent nerveux et impatient. Son entente avec Nathalie a été parfaite. Elle s'est démenée dans tous les sens pour rendre son séjour agréable. Jean-Pierre a vécu comme un sauvetage l'instant où Judith les a rejoints sur la plage. Elle l'a tiré d'un tête-à-tête qu'il redoutait. Son fils allait encore essayer de savoir s'il était heureux. « Bien sûr qu'il l'est ! » se convainc-t-il. Mais quel dommage qu'il se fatigue vite, et ne puisse pas en profiter plus.

Il demande à Judith d'abandonner « ses trucs de débile » pour lui servir un whisky.

« La bouteille est vide, Jean-Pierre, je descends à la cave. » Elle revient avec un verre bien rempli, montre la bouteille : « Un trente ans d'âge. Tu veux que je t'allume un cigare ? Tu l'as bien mérité après ces deux jours intenses.

— Intenses ? Tu les as trouvés intenses ?

— Un peu... Beaucoup... Tristan est vraiment agréable, facile à supporter mais il nous a pompé pas mal d'énergie. Surtout à toi, non ? »

Elle n'a pas tort, se dit Jean-Pierre. La villa est si tranquille ce soir. Il se laisse aller, il n'a plus besoin de faire bonne figure.

« Donne-moi un cigare. Mais en cachette de ta mère... Elle m'interdit de fumer, surtout dans la maison.

— Et elle a raison, Jean-Pierre. C'est mauvais pour ton cœur, mais on s'en fout, ce soir c'est moi qui te l'autorise !

— C'est si bon », fredonne-t-il en l'allumant.

Au bout de trois bouffées, il s'étrangle, tousse. Il pose le cigare dans le cendrier où il le regarde se consumer. Il fait une seconde tentative, encouragé par Judith.

Durant le séjour de Tristan, il a fait de gros efforts pour paraître en bonne forme, jusqu'à lui cacher sa sieste quotidienne d'une heure et demie, si nécessaire pour lutter contre sa fatigue chronique. Il lui disait qu'il allait travailler dans son bureau et qu'il voulait rester seul.

Nathalie l'a poussé à paraître élégant devant Tristan. Il a remis la cravate et les mocassins à pompons qu'il ne porte plus jamais, préférant traînasser en jogging et en pantoufles. Elle l'a réprimandé : « Je ne veux pas que ton fils pense que tu te négliges et que je m'occupe mal de son père ! »

Il a obéi, sans vraiment réaliser qu'il cédait toujours. Nathalie est si présente à ses côtés qu'il finit par se laisser faire. Il apprécie qu'on s'occupe aussi bien de lui. Elle a pris en charge la maisonnée, organise sa vie, l'accompagne partout sauf sur la plage, le soigne, le nourrit, le divertit, anticipe ses envies. « Elle m'a apprivoisé, sourit-il pour lui-même. Elle est bien la première à avoir réussi ! » Il a parfaitement conscience que Nathalie a renoncé à sa vie londonienne. Mais par pur égoïsme, il aborde rarement le sujet avec elle et il feint de la croire quand elle affirme que l'Angleterre ne lui manque pas.

Il culpabilise un peu qu'elle ait dû renoncer à son indépendance mais surtout à un salaire confortable. Aussi, en dépit de son refus obstiné, il alimente régulièrement – et confortablement – son compte en banque. Elle a la grâce de ne pas le lui reprocher. Son sacrifice ne mérite-t-il pas ce manque à gagner de dix mille euros mensuels, son salaire anglais dans cette compagnie d'assurances où elle occupait un poste important ?

S'il ne sentait pas en permanence le poids de la fatigue, surtout dès la nuit tombée, il serait le plus heureux des hommes. Par chance, le médecin qui le suivait à Paris s'est installé dans le coin. Les deux hommes ont sympathisé et il vient de temps en temps dîner à la villa. Selon lui, cette fatigue passagère n'a rien d'alarmant. Il lui donne tout ce qu'il faut pour se requinquer et il l'incite à continuer ses balades avec son chien. « C'est excellent pour le cardio, affirme le docteur Fuget. Vous êtes encore jeune, monsieur Delaporte. »

Jean-Pierre feint de le croire.

Il y a des jours où il se sent vieux, tellement vieux qu'il songe à la mort, lui qui n'y pensait jamais.

L'idée l'effraie.

4.

« Quel dommage que Tristan ne soit pas resté un jour de plus ! Jeudi, c'est notre anniversaire ! s'exclame Nathalie en aidant son père à se lever.

— Un anniversaire ? s'étonne Judith sans quitter son portable des yeux.

— Il y a un an jour pour jour que je rencontrais papa…

— Ça se fête, alors !

— Évidemment.

— Resto pour tout le monde ! s'exclame Judith. Tu te souviens de ce grand jour ? demande-t-elle en se tournant vers Jean-Pierre.

— Bien sûr ! » claironne-t-il.

Nathalie tonne : « Bien sûr que tu t'en souviens, hein papa ! C'était au bar du Plaza. » Elle s'adresse à Judith : « Qu'est-ce que j'étais stressée ! Heureusement que ton grand-père m'a tout de suite mise à l'aise. »

Nathalie demande à Judith ce qu'elle trafique sur son portable.

« Rien, des bêtises…

— Je vais devoir te faire soigner de ton addiction, taquine sa mère.

— Par le bon docteur Fuget ? ironise la jeune femme, en ricanant.

— À table ! » annonce Nathalie pour seule réponse.

Jean-Pierre refuse qu'elle l'aide. Il fanfaronne : « Je peux y aller tout seul ! »

Il avance, titube. Nathalie lui reproche de boire trop de whisky. Elle le gronde gentiment : « Et puis ça sent le cigare ! Tu m'as encore désobéi ! »

Elle emporte le cendrier et c'est à son bras que Jean-Pierre se dirige vers la salle à manger. Elle a cuisiné un coq au vin, l'un de ses plats favoris dont le fumet envahit la Villa Hortense. Elle sait d'avance qu'il y touchera à peine. La suite de la soirée est connue : quand il s'effondrera dans le salon vers 20 h 30, elle le traînera jusqu'à sa chambre. Judith s'enfermera dans la sienne.

Puis, si l'humeur lui vient, elle appellera Fuget qui n'attend que cela pour accourir. « Son chéri » affirme qu'il est tellement amoureux d'elle qu'il en est touchant.

Nathalie lâche le bras de Jean-Pierre lorsqu'il approche de la table. D'une tape dans le dos, elle lui montre sa place. Dans la même seconde, il perd l'équilibre, tente de se rattraper à la nappe, et entraîne avec lui les assiettes, les couverts et surtout le plat de coq au vin dans un grand fracas. Puis, ne se tenant plus à rien, il s'affale sur le carrelage. Ses bras n'amortissent pas sa chute, sa tête heurte violemment le sol. Nathalie n'est pas assez prompte pour intervenir.

Les deux femmes réussissent à le relever et à l'asseoir. Il saigne un peu et une bosse gonfle déjà sur son crâne. Il dit qu'il a mal, qu'il voit trouble, demande ce qui s'est passé. Nathalie le rassure : « Tu es tombé, c'est pas grave, Jean-Pierre.

— Tu l'as presque frappé dans le dos, lui reproche Judith.

— N'importe quoi ! Dis aussi que je l'ai poussé volontairement ! »

Nathalie appelle Fuget. Il conseille de l'allonger. « J'arrive ! conclut-il.

— On ne prévient pas les pompiers ? demande Judith.

— Pas la peine, il a seulement pris un mauvais coup à l'arrière du crâne. Hein, papa, que tu te sens mieux ? »

Il répond par un grognement. Il répète qu'il a mal. Veut les rassurer : « Mais tout va bien ! »

Si ça ne tenait qu'à lui, il passerait à table. Il plaisante en disant que ce bobo lui a ouvert l'appétit, tandis qu'il se laisse conduire jusqu'à sa chambre. Il titube tellement qu'elles doivent faire halte au salon.

« Plus de whisky, papa !

— Ni de cigare », ajoute Judith.

Il n'a pas la force de répliquer et s'affale dans son lit, alors que le docteur Fuget arrive et entre sans prendre la peine de sonner.

Dès qu'il pénètre dans la chambre, il dit en riant : « Faire des cabrioles avant de passer à table, ce n'est plus de votre âge, monsieur Delaporte. »

Il l'examine en détail, sourit enfin en s'adressant à Nathalie :

« Rien de grave. »

Il parle d'une voix forte comme si Jean-Pierre était sourd alors qu'il a l'ouïe fine : « Vous êtes quitte pour une belle bosse, monsieur Delaporte ! »

Il annonce : « Je vais vous donner un médicament pour calmer la douleur. » Nathalie revient avec un sac de glaçons qu'elle pose sur sa tête.

« Merci docteur, dit-il.

— Non, c'est pas le docteur, c'est moi, Nathalie ! »

Sa fille et Judith l'embrassent sur le front.

« Il est brûlant », dit Nathalie.

Puis elles attendent qu'il ferme les yeux.

Il dort déjà.

« Tu restes dîner avec nous, Robert.

— Bien sûr, avec grand plaisir.

— Malheureusement, Jean-Pierre a gâché notre coq au vin. Mais je vais improviser ! »

Elle referme la porte. Jean-Pierre ronfle comme une chaudière.

« Pourvu qu'il se réveille un jour », sourit Judith.

5.

Elle est catastrophée. Outrée, déçue. Elle se retient de hurler. Elle laisse jaillir ses larmes. Le Crédit agricole vient de l'appeler. Le compte personnel de Julien est fermé depuis longtemps et un ancien chèque de cinq mille euros a été présenté à l'encaissement. Le banquier lui a demandé si elle acceptait de régler cette dette. Il a fallu qu'elle insiste, menace de quitter la banque pour qu'il lui donne le nom du bénéficiaire : un certain Michel Muret de l'agence MM. C'est ainsi, par cet appel dès l'ouverture de la banque, qu'elle a appris que Julien avait fait appel aux services d'un détective privé. En vérifiant son compte, elle a constaté que son mari avait déjà versé deux mille cinq cents euros à cette agence. Elle repense au dossier dont elle s'est débarrassée sans y prêter attention, avec cette mention « MURET ».

D'abord elle n'a trouvé qu'une seule explication : Julien a engagé cet ancien flic pour la surveiller : n'est-ce pas la principale activité de ce genre d'agence ? « Pensait-il que je le trompais au point de me faire suivre ? Pire, cherchait-il un prétexte pour divorcer ? » Elle se raisonne en se convainquant que tous deux étaient d'une fidélité absolue. Elle avait confiance en lui, et lui en elle. Aucun n'aurait admis la plus infime encoche à leur promesse de mariage.

Pourtant, elle a continué à douter, à se torturer, d'autant que l'agence ne répondait pas et que, sur place, elle a trouvé une porte close. La plaque a même été enlevée.

Elle ne pouvait pas garder cette histoire pour elle seule, sinon elle allait devenir dingue.

Elle a appelé Nathalie, persuadée que son oreille attentive saurait l'aider. En effet, sa belle-sœur s'est appliquée à la rassurer. D'entrée, elle fut affirmative : c'était impossible, impensable, que Julien fasse une chose pareille. Il devait y avoir une autre raison.

Elle a promis de s'occuper de tout. Après deux nuits d'angoisse, l'appel de sa belle-sœur l'a enfin rassurée. Nathalie a réussi à prendre contact avec ce Michel Muret. Cet ancien policier est désormais retraité et son agence, fermée. Il a fallu qu'elle insiste, mais le détective a lâché la vérité. Julien a bien utilisé ses services, mais c'était dans le cadre de ses affaires professionnelles : il soupçonnait un cadre indélicat de détourner de l'argent.

« Aujourd'hui, s'est-elle amusée, on ne fait plus suivre les femmes infidèles ! »

Soulagée, Noémie a fini par éclater de rire.

« Comment as-tu pu imaginer que ton mari t'espionnait ! Toi, l'épouse parfaite. Vous, le couple exemplaire ! »

Puis elle lui a indiqué que le résultat de l'enquête était négatif, ce cadre n'avait rien fait de répréhensible. Seulement une grosse erreur qu'il avait eu bien du mal à réparer. Quant au chèque, Muret avait oublié de l'encaisser. Il l'a présenté avec du retard, ce dont il s'excuse.

« Moi, en revanche, a-t-elle poursuivi, je n'ai pas été une épouse aussi modèle que toi. J'ai trompé mon mari, le père de Judith. Je lui ai fait porter les cornes une fois, une seule fois, pour me venger, mais il n'en a rien eu à faire ! Crois-moi, j'ai bien fait de le mettre dehors ! »

Les détails qu'elle a donnés sur ce sale type sont écœurants. Noémie s'est réjouie d'avoir eu la chance de tomber sur un homme bien comme Julien, avant de réaliser à quel point il lui manque toujours.

Le lendemain, elle autorisait la banque à régler les cinq mille euros.

6.

Noémie s'est présentée à l'ouverture du salon, alors que Tristan arrivait juste après avoir pris son petit déjeuner en face.

Elle l'attendait sur le trottoir, requinquée, plus souriante que d'habitude.

« J'ai pris rendez-vous à 10 heures pour une couleur.

— Je vais bien m'occuper de toi !

— J'aurai un truc à te raconter…

— Quoi ? Rien de grave ?

— Non, non. Mais c'est un peu étrange. Marrant même.

— Étrange ? Je t'écoute… »

Là sur le trottoir, alors que derrière la vitrine le salon s'anime déjà, elle raconte que Julien a fait appel à un privé, un certain Muret de l'agence MM, pour surveiller un cadre qu'il soupçonnait de détourner de l'argent. L'enquête a fait un flop.

Elle éclate de rire : « Figure-toi que j'ai cru qu'il me faisait suivre.

— Tu vois Julien te faire ça ? Impossible !

— C'est ce que m'a dit Nathalie. Elle a appelé l'agence qui lui a tout raconté. »

Il reste sur sa faim :

« C'est tout ? Y a pas de quoi fouetter un chat... Allez, on rentre », dit-il en se tournant vers la porte d'entrée du salon.

Elle le retient par le bras :

« Il y a quand même un truc que je ne comprends pas. D'ordinaire, Julien partageait toujours avec moi les secrets de sa boîte. Je ne pige pas pourquoi il m'a caché qu'il soupçonnait l'un de ses cadres de le voler et qu'il avait payé un détective. Il m'aurait aussi demandé ce qu'il aurait dû faire. Je suivais si bien la marche de l'entreprise qu'il m'appelait son "adjointe", même devant votre père. »

C'est vrai. Tristan se souvient que Jean-Pierre disait qu'il la trouvait douée et que ça le rassurait de savoir que Noémie épaulait son frère. D'ailleurs, même si elle ne manifeste aucune déception, Noémie ne comprend pas pourquoi son beau-père a décidé de se séparer de l'entreprise après le décès de Julien plutôt que de lui en confier les rênes. Elle s'en sentait capable.

Un dernier point intrigue Tristan : « Pourquoi Julien a-t-il fait un chèque de son compte personnel puisqu'il s'agissait d'une affaire concernant sa boîte ? Il ne mélangeait jamais le privé et le professionnel.

— Parce qu'il ne voulait pas que le comptable de la société découvre qu'il enquêtait sur un cadre. Julien se serait fait rembourser après, explique-t-elle.

— Ouais, tu as sans doute raison. Allez, on y va. Prépare-toi à souffrir ! Tu ne sortiras vivante que dans deux heures ! » lance Tristan, déterminé à la choyer.

Les choses en seraient restées là si, à peine quelques heures plus tard, une info sur RTL n'avait pas indiqué que le meurtrier d'un détective privé avait été arrêté. L'histoire était rocambolesque : un mari se serait vengé, accusant le détective d'avoir brisé son couple.

Mais ce que Tristan a d'abord retenu, c'est que le détective s'appelait Michel Muret.

7.

Il s'arrête un instant, le souffle court. Alors qu'il est sur le point de perdre l'équilibre, il s'appuie à un parapet. La villa n'est pas trop loin et il se force à repartir. Il rentre épuisé, quasiment à l'agonie de sa balade quotidienne sur la plage où il n'a fait que quelques dizaines de mètres avant de rebrousser chemin. Il se traîne jusqu'au salon où il se laisse tomber dans son fauteuil. Là, les yeux mi-clos, il reprend ses esprits et son souffle petit à petit.

Judith le rejoint, intriguée.

« Ça va, Jean-Pierre ?

— Oui, oui, souffle-t-il. Très bien, merci, ma fille. »

Judith s'inquiète soudain de l'absence de Bébé. Jean-Pierre réalise, un peu penaud, que son setter irlandais n'est pas rentré avec lui. Il tente de se lever mais il abandonne aussitôt, vaincu par une fatigue extrême et des jambes qui le portent à peine. Il vacille, retombe dans son fauteuil.

« J'y vais, ne bouge pas », intime-t-elle.

Du salon, il l'entend hurler après Bébé, ensuite le sommeil l'emporte. Il émerge beaucoup plus tard, réveillé par des jappements et des petits coups de langue sur son visage. Il tente d'écarter l'importun de la main avant de reconnaître son chien.

« T'es rentré, sale bête », dit-il affectueusement en lui caressant le cou.

Il consulte sa Rolex connectée, un cadeau de sa fille : 13 h 37. Le compte est vite fait : il a dormi plus de trois heures et demie. « Il fallait que je sois crevé... », se dit-il.

Il ne voit pas Nathalie, dans la pénombre, positionnée dans l'encadrement de la porte.

« Je t'ai laissé dormir, dit-elle.

— J'espère que je ne couve pas quelque chose. Je me sens très fatigué. »

Elle passe d'autorité un tensiomètre à son bras, et annonce après quelques secondes :

« 13,8 ! C'est bon, papa. »

Elle touche son front.

« Tu n'as pas de fièvre, juste un petit coup de fatigue après ta promenade. Ne te force pas à aller au bout de la plage. »

Il préfère ne pas avouer qu'il a parcouru à peine cent mètres sur la promenade qui longe l'océan. Il se persuade que sa fille s'inquiète pour rien. Pourtant, il a mal aux articulations et à la tête.

Elle lui tend un cachet avec un verre d'eau. « Ça ne peut pas te faire de mal, assure-t-elle de sa tendre voix, si douce. Tu veux que je fasse venir Fuget ?

— Non, non, ce n'est pas nécessaire... »

Judith n'est pas loin non plus. Elle les rejoint, caresse Bébé, allongé aux pieds de Jean-Pierre.

« Je l'ai trouvé tout au bout de la plage, explique-t-elle. Il s'amusait à poursuivre les mouettes à côté de la route. »

Elle n'en dit pas davantage mais il y a dans ses mots une pointe de reproche à son égard : « Il aurait pu se faire écraser… Les gens roulent tellement vite.

— Tu as fait ton coquin, dit-il à son chien, sur un ton faussement fâché. Il ne faut pas t'échapper, vilain garçon ! Qu'est-ce qu'il ferait, ton papa, sans toi ? »

Il en fait des tonnes, histoire de faire oublier sa bévue. Il aurait pu le perdre et il s'en veut énormément. Comment a-t-il pu revenir sans son chien, l'abandonnant sans surveillance ?

« Le principal est que tu sois là, hein, mon chien-chien, conclut Nathalie en s'éloignant.

— Viens là, ma petite », dit-il la main tendue à l'adresse de Judith.

Elle se blottit contre sa poitrine et se laisse caresser les cheveux.

« Tu es l'héroïne du jour ! » Il prend Bébé à témoin : « Dis merci, espèce de morveux… Loubard ! Elle t'a sauvé d'une mort certaine !

— Et de la noyade », ajoute-t-elle, ravie. Elle se redresse et lance, en lui prenant la main pour l'aider à se relever : « J'ai faim, tu viens ?

— Avec plaisir, je boufferais un clown avec son costume ! »

Sa petite-fille le réprimande avec un immense sourire : « On ne dit pas bouffer, c'est un gros mot, mon cher grand-père ! »

Soudain, il s'étonne : « Tu n'es pas à ton école de commerce, toi ?

— Je suis en prépa, et c'est dimanche, aujourd'hui ! rectifie-t-elle. T'as oublié ?

— Bien sûr que non… Et le dimanche, c'est vacances !

— À table ! les interrompt Nathalie. Je viens de sortir le poulet du four, tu vas te régaler. »

Comment lui répondre qu'en réalité il n'a pas faim et qu'à choisir il préférerait rester dans son fauteuil ? Se rendormir. Mais il ne veut pas lui faire de peine et il avance difficilement, le dos douloureux, sans doute à cause, pense-t-il, de la mauvaise posture pendant son sommeil. Il se force à faire bonne figure. Judith lui demande s'il veut s'appuyer sur son épaule.

« Ton grand-père n'est pas si vieux !

— Je vais t'acheter un déambulateur », s'amuse Judith.

La plaisanterie ne le fait pas rire.

« J'ai eu un petit coup de mou, ce matin… Mais c'est en train de passer, rien de grave !

— Ne perds pas l'équilibre comme l'autre jour, quand maman t'a poussé… »

Nathalie pose un regard plein de reproches sur sa fille.

Judith lâche son grand-père, se précipite à la table et se sert d'autorité les deux pilons. A-t-elle oublié que c'est le morceau qu'il préfère ? Nathalie et elle feignent d'ignorer ses difficultés à s'asseoir. Il doit se contenter de la contre-cuisse qu'il se force à terminer avec pour seul accompagnement quelques feuilles de salade. Il néglige la purée maison.

« J'ai sorti un haut-brion 2004. »

D'habitude, elle le laisse ouvrir les bouteilles. Tâche qu'il effectue avec soin et dextérité. Ce midi, elle s'en est chargée et elle a bien fait. Il n'aurait pas eu la force de la déboucher. Elle le sert largement, alors qu'il fait un léger signe de la main pour qu'elle arrête. Il ne peut pas avouer qu'il n'a pas envie de ce grand millésime. Elle l'encourage, en trinquant avec lui, pour qu'il finisse son verre.

« Un nectar, dit-elle, tu as une cave magnifique, papa !

— Merci… »

Judith lui tend une gélule blanche.

« J'allais oublier ton médicament ! »

Il se sent tellement las qu'il n'a qu'une envie : que ce repas se termine pour qu'il puisse rejoindre son lit.

8.

Pour sortir ce soir, il a enfilé un pantalon de cuir et un sweat-shirt noir qui lui donnent l'impression de ressembler à son père, le nouveau, celui qui a abandonné cravate et costume. Il ajoute une touche de son parfum Dior.

Il repense à cette histoire de détective privé.

Selon *Le Parisien*, c'est un mari irascible qui lui a fait la peau, à Muret, car il n'aurait pas supporté d'être suivi. Les enquêteurs se heurteraient à un mur : le mari meurtrier nie depuis le début de sa garde à vue alors que tout le désignerait.

Tristan ne comprend pas pourquoi son frère a fait appel à ses services. Ça ne lui ressemble pas. Que cherchait-il ? Certainement pas à faire suivre Noémie. Tristan a fait semblant de croire sa belle-sœur quand elle lui a expliqué qu'il enquêtait sur un employé indélicat. Nathalie a peut-être inventé cette histoire pour ne pas affoler Noémie. Par bonté d'âme ? Elle est encore fragile après la disparition de l'amour de sa vie.

Julien, insomniaque, ne dormait que quelques heures par nuit, et selon sa femme, cela s'est aggravé les dernières semaines avant son accident. Il était nerveux, irritable, toujours penché sur son portable. Il donnait l'impression d'être en permanence dans l'attente d'un message important. Le comble est qu'il a été renversé tandis qu'il traversait la rue le nez penché sur son iPhone, perdu dans l'accident.

Tout cela est-il en lien avec le détective privé ? Est-ce de cet enquêteur qu'il lisait le message en traversant la rue ?

Julien est parti avec son secret.

Tristan n'est pas homme à se prendre la tête avec de telles histoires, et il a repris sa vie ordinaire. Une vie si réjouissante entre ses salons, ses déjeuners chez Foc ly, ses soirées de vernissage et, bien sûr, ses aventures « sentimentales » d'un soir ou de quelques nuits. De rapides passades qui n'ont pas de lendemains.

Hier soir, il a « un peu » abusé avec une certaine Amandine, responsable d'une boutique de fringues dans le 6e, une belle femme de trente-six ans à la chevelure magnifique dont un concurrent s'occupe. « Plus jamais ! » s'est-il engagé auprès de sa nouvelle conquête.

Il est rare qu'une femme lui laisse un pareil souvenir et l'envie de la revoir, et pas seulement parce que la nuit avec elle fut magique. Ils ont rendez-vous ce soir, et c'est la raison pour laquelle il s'est fait beau.

Elle lui a dit avec une franchise confondante qu'elle ne souhaitait que du sexe et qu'elle n'avait aucune intention de s'attacher. Amandine est partie avant l'aube en ajoutant, avec un sourire espiègle, qu'elle n'aimait pas que son homme la voie au réveil.

« Je suis trop moche. »

Il vient de raccrocher avec son père. Ces appels de plus en plus irréguliers lui évitent de fastidieux allers-retours sur la côte atlantique. Il n'a pas envie d'en repartir avec le même sentiment désagréable que la dernière fois. Ces contacts semblent aussi suffire à Jean-Pierre. La conversation a duré plus longtemps que d'habitude, le son de sa voix l'a rassuré, si tant est qu'il ait eu besoin de l'être.

Il lui a affirmé que « tout va bien », qu'il « pète la santé » et que « le bon air marin est excellent à son âge ».

« À son âge », autrefois, il n'aurait jamais employé ces mots…

Puis il lui a passé Nathalie. Elle a confirmé que, ce matin, leur papa était en bonne forme. « Papa fait de longues balades sur la plage », a-t-elle dit en prenant son père à témoin.

9.

Tristan rentre de deux semaines « de rêve » en Grèce avec Amandine. C'est elle qui, après l'avoir convaincu de l'accompagner, a tout organisé : les transferts entre les îles, les hôtels, tous plus luxueux les uns que les autres, les petites tavernes où on déjeune pour trois fois rien. La Grèce est son territoire et elle lui a fait découvrir les moindres recoins de ses îles sublimes.

Tristan clame qu'il est amoureux, « au firmament », au point d'en avoir mis son père de côté. Sans même s'en rendre compte, il a laissé passer quelques jours après son retour avant de se décider à appeler Jean-Pierre. Il ne culpabilise pas, puisque, après tout, ce dernier pourrait prendre la peine de téléphoner. « Il faut toujours que ce soit moi qui le fasse ! » grogne-t-il.

C'est presque à reculons qu'il s'y oblige.

Nathalie décroche. Son père, d'ordinaire, ne laisse personne approcher de son portable.

« J'ai vu que ton nom s'affichait et j'ai répondu à la place de papa, explique-t-elle. Notre père est en balade sur le front de mer avec son chien et il est parti sans son téléphone.

— C'est bien la première fois, dit-il, amusé.

— Ici, on apprend à s'en passer », répond-elle aimablement. Elle ajoute sans lui laisser le temps de demander comment il va : « Je lui dirai que tu as cherché à le joindre. Il te rappellera à son retour d'ici une heure, environ. »

Après plusieurs heures, Tristan attend toujours. Mais bon… Avec lui, il a l'habitude.

10.

La question le tourmente : combien de pas a-t-il faits dans le jardin avant de regagner son fauteuil, celui où, désormais, il traîne une grande partie de la journée ? Souvent à ne rien faire, sauf à fixer les programmes débiles des après-midi à la télé. Une centaine ? Il se souvient qu'avant il en faisait régulièrement autour de six mille.

« Tu as l'air bien, ce matin. Tu as un peu marché ? » demande Nathalie en le regardant se diriger difficilement vers le salon.

Il cherche son téléphone sans succès. Il pourrait demander à Nathalie si elle l'a vu, mais il ne lui fait plus vraiment confiance. Ce matin encore, au petit déjeuner, elle lui a retiré des mains le sucrier, lui interdisant désormais d'ajouter du sucre dans son café. Il doit se contenter maintenant d'un café au lait fade et d'une tartine à peine beurrée.

« Pas de gras, ni de sucre », a ordonné son médecin. Comme tous les matins, Nathalie lui a pris son téléphone après lui avoir laissé le temps de consulter les cours d'ouverture de la Bourse. Elle a procédé sans le brusquer. Gentiment, même.

« Dans l'état où tu es, lui a-t-elle indiqué, il risque de t'échapper des mains et de se casser. C'est plus prudent qu'il reste à l'intérieur. »

Elle l'a posé sur l'étagère, à une hauteur qu'il ne peut plus atteindre, sauf en grimpant sur une chaise.

Elle a plaisanté : « Tu n'as plus vingt ans, papa ! »

Bien qu'il ait répondu qu'il ne s'éloignerait pas du jardin, que s'il tombait ce serait sur le gravier, elle est restée inflexible. Cette fois, Jean-Pierre s'est rebellé. Il l'a même accusée de le priver de sa liberté.

« De quoi tu as peur… qui veux-tu que j'appelle ? » Elle s'est approchée, a déposé un baiser sur son front. « Ne te mets pas en colère, papa. Ton portable est là et tu peux téléphoner à qui tu veux, et quand tu le désires… Mais, souviens-toi, la dernière fois que tu l'as pris avec toi, il est tombé sur le perron et il s'est cassé. Il a fallu en acheter un autre. C'est le troisième en un mois. »

Il ne s'en souvient plus mais ne le dit pas. Ce serait avouer qu'il perd la tête. Il a cessé de le réclamer la nuit. Elle lui a expliqué pour la énième fois qu'il le réveillera s'il sonne et qu'il aura du mal à se rendormir. Ce qui, reconnaît-il, n'est pas faux, car, en dépit de sa fatigue tenace, il dort mal… Lui qui avait un sommeil de plomb autrefois… Histoire de la titiller, il a dit qu'il le mettrait sur silencieux. Ce à quoi elle a rétorqué que dans ce cas il ne servirait à rien.

Elle préfère l'avoir avec elle afin de recevoir ses appels, notamment ceux de Tristan.

« Ton fils t'a appelé hier soir et tu dormais déjà. Et puis la nuit, je le mets en charge », explique-t-elle.

Un soir, il a profité d'une de ses absences pour le récupérer sur l'étagère. Ce ne fut pas sans mal, mais il y est arrivé. Malheureusement, cette fois encore, Tristan n'a pas répondu. Il ne sait plus s'il lui a laissé un message pour qu'il le sorte de là. Il a été incapable de le remettre à sa place et l'a posé sur le carrelage pour qu'elle pense qu'il était tombé. Elle n'a fait aucune remarque et le portable a retrouvé sa place sur l'étagère.

Ce matin, il n'a qu'une idée en tête, celle de fuir.

Pour lui, le mot n'est pas trop fort, il est convaincu de vivre un enfer. « Je suis prisonnier d'une vie dont je ne veux pas et mon geôlier s'appelle Nathalie. » C'est pour cela qu'il avait appelé son fils. Pour qu'il le délivre. Maintenant, il n'a plus les moyens de le joindre, il sent peser sur lui la surveillance permanente de sa fille.

Il angoisse, cache sa peur du mieux qu'il peut. Il hésite à s'en ouvrir à Judith. La jeune femme est toujours présente à ses côtés, attentive et aimante. Ses marques d'affection l'aident à tenir. Mais il craint qu'elle le répète à sa mère. Non pas parce qu'elle serait complice mais parce qu'elle penserait le protéger en agissant ainsi. Le paradoxe est qu'il n'a rien à reprocher de grave à Nathalie, sauf peut-être cette histoire de portable. Elle s'occupe de lui, de sa santé. Elle est si dévouée. Elle suit les recommandations du docteur Fuget : du repos, une nourriture saine, et des activités physiques. Pas de sucre. Et finis, les cigares fumés en cachette ! Il n'a plus faim, dort plus que de raison et se contente de parcourir quelques dizaines de mètres quotidiennement. Par le jardin, il fait deux fois le tour de la villa. Il se demande si les médicaments qu'il doit prendre matin, midi et soir, sans compter maintenant une injection bihebdomadaire de vitamines, l'aident ou au contraire le plongent dans cet état de faiblesse dont il n'arrive pas à sortir. Il y a à peine six mois, il gambadait comme un lapin, désormais il doit s'appuyer sur une canne pour avancer. Il refuse le déambulateur qu'elle lui a acheté. Il a son honneur !

Bientôt, tout ira mieux, lui promet le docteur Fuget en prenant Nathalie à témoin, sans pouvoir indiquer dans combien de temps. Il a ajouté :

« Heureusement que votre fille est à vos côtés. Sinon, je devrais vous envoyer dans une unité médicalisée. C'est du boulot de s'occuper de vous, monsieur Delaporte ! Vous pouvez les remercier ! »

En partant, Fuget lance à Jean-Pierre : « Nathalie et Judith sont admirables ! » Il a alors éclaté en sanglots. Il n'avait jamais versé autant de larmes depuis la mort de Julien.

Nathalie tente de l'apaiser. Judith y met du sien aussi. Rien à faire.

« Je m'en veux tellement de vous gâcher la vie. Vous vous sacrifiez pour moi... »

La mère et la fille s'offusquent d'une même voix : « Mais non, nous t'aimons. Ne parle pas de sacrifice. Jamais ! »

Nathalie ajoute : « Tu es mon père, et un papa, on reste à ses côtés. Par amour, tout simplement par amour... »

Jean-Pierre les attire à lui. Ses larmes cessent, il sourit. « Merci, merci, qu'est-ce que je deviendrais sans vous deux ? murmure-t-il dans leurs bras.

— Et nous deux qu'est-ce que nous deviendrions sans toi ? répond sa fille. Sans notre Jean-Pierre...

— C'est vrai ? lâche-t-il entre deux sanglots.

— Comment peux-tu en douter une seule seconde ? Nous sommes heureuses ici avec toi. La seule chose qui nous rend malheureuses est ton état de santé. »

Elle aurait tant voulu vivre « avec un papa en pleine forme ». Mais elle est certaine qu'il va « très vite » aller mieux. Comme avant.

« On te laisse, repose-toi, papa.

— Merci encore. Merci, merci… »

La porte se referme, Jean-Pierre peut enfin sourire. Il a bien eu Nathalie avec son numéro de papa attendrissant. Elle ne se méfiera pas.

Il sait qu'il ne peut compter que sur lui. La fuite est sa seule option.

11.

Les jours passent sans que sa santé s'améliore. En apparence du moins, car il s'économise, rassemble ce qui lui reste d'énergie pour tenter de s'échapper. Du matin au soir, il donne l'impression d'un homme qui ne fait que se traîner. De sa chambre au salon, où Nathalie lui apporte ses repas. Cela fait des jours qu'il n'a pas marché dans le jardin. Jean-Pierre n'a pas encore trouvé le moyen de fuir cet enfer. Il s'inquiète, sa peur s'accentue. Il tente de l'éloigner, mais elle revient plus puissante encore. Il se sent en danger. Il voudrait alerter son fils, mais son téléphone est introuvable. Nathalie affirme qu'elle l'a cherché partout. Sans résultat. Elle a dû en commander un autre pour lui. « Il va arriver sous peu. » Cela fait une semaine qu'il l'attend. Même la jeune Judith lui semble trop gentille pour être franche. Elle en fait des tonnes avec son « grand-père chéri ». Certains soirs, elle insiste pour passer la nuit dans le canapé de sa chambre. Comment une femme de vingt-cinq ans peut-elle ressentir autant de tendresse pour un vieux monsieur qu'elle ne connaissait pas quelques mois plus tôt ? Il supporte de plus en plus difficilement ses élans d'affection. Il se méfie quand Nathalie lui donne ses médicaments. Il parvient parfois à ne pas les avaler en les dissimulant sous sa langue. Il n'arrive pas toujours à les recracher, car elle veille, « attentive » à ce qu'il les prenne. Pour mieux l'empoisonner ?

Tout lui semble louche, suspect.

Il prend conscience de ses erreurs. Cet argent versé sur une assurance-vie, ces placements sur des comptes offshores pour échapper au fisc, l'usufruit de la villa qu'il a signé à son profit, ces jeux en Bourse qu'il ne contrôle plus… En est-il toujours le bénéficiaire ? Mais comment le vérifier sans portable ni ordinateur ?

Le jour où il s'en est inquiété, trouvant certains placements risqués, Nathalie s'est vexée. Elle lui a rétorqué que l'argent avait été placé selon ses choix et qu'elle n'avait fait que suivre ses directives.

Elle l'a engueulé, la voix cassée par l'émotion :

« Personne ne sera lésé dans ton héritage. J'en ai rien à faire de ton fric ! »

Elle s'est insurgée.

« Combien de fois devrais-je te répéter qu'il n'y a que toi et ta santé qui m'importent ! »

Puis, pour la première fois, elle a menacé de repartir à Londres, puisqu'il n'avait pas confiance en elle. Pour toute réponse, il a haussé les épaules. Elle s'est de nouveau emportée : « Si tu penses que je suis là pour ton argent, je refuse de figurer dans ton testament ! Garde ton pognon et la villa, je n'en veux pas ! Jamais ! »

Soudain, elle a éclaté en sanglots.

Il a fait semblant de croire à son cinéma et il a bien fallu qu'il la console. Ça n'a pas calmé Nathalie. Elle a repoussé Jean-Pierre, si puissamment qu'il n'a eu pour ressource que de se laisser tomber dans son fauteuil.

« Écoute-moi bien, s'est-elle écriée, si tu penses que nous te volons, dis-le clairement. Sache que Tristan, ton fils, mon frère, est au courant de tout. Il me fait confiance, lui ! » s'est-elle écriée.

Elle lui a tendu le portable pour qu'il vérifie de lui-même auprès de son fils. « Puisque tu ne me crois pas ! » Comme un idiot il a répondu que c'était inutile.

« J'ai confiance », a-t-il affirmé à contrecœur mais avec le sourire.

12.

Quel imbécile de ne pas avoir accepté la proposition de Nathalie… Il a laissé passer l'occasion d'alerter son fils.

Ce cirque n'a que trop duré et c'est aujourd'hui qu'il a décidé de s'échapper. Il feint d'être fatigué, s'excuse et se réfugie dans son fauteuil. Il attend là qu'elle fasse la faute qui lui permettra de fuir sa prison.

Nathalie observe longuement son père. Elle s'approche, constate qu'il dort. Dans son sommeil il semble apaisé. Elle étend sur lui un plaid de coton. La matinée est fraîche.

Jean-Pierre était un loup, ce n'est aujourd'hui qu'un agneau, se dit-elle. Il n'est plus l'homme qui l'a impressionnée au début. Celui qui, comme elle, ne craignait rien, avait le goût du triomphe. Et s'en délectait.

« Nous étions faits pour nous rencontrer, hein Jean-Pierre ! » dit-elle à voix basse pour ne pas le réveiller.

Elle sourit de contentement.

« À quoi rêves-tu ? » ajoute-t-elle encore à voix haute.

Il tousse, incline la tête. Un instant, elle se demande s'il dort vraiment. Il ne réagit pas quand elle dépose un baiser sur son front brûlant.

« Tu as encore de la fièvre ! »

Elle s'éloigne du vieillard en silence. À ses pieds, son fidèle setter dort lui aussi. Elle est rassurée, sa respiration est régulière. Il ne se réveillera pas avant une heure ou deux. Il n'a rien laissé paraître quand elle s'est penchée pour l'embrasser. Pourtant ses baisers maintenant le dégoûtent. Ils sonnent si faux !

Comment peut-elle dire qu'ils étaient faits pour se rencontrer ? Pour le dépouiller, plutôt ! Lorsqu'il sera loin, il remettra de l'ordre dans tout ça. Il savoure sa petite victoire. Elle pense qu'il dort. Il garde les yeux clos tant qu'il n'est pas certain qu'elle est partie. Il s'en veut d'avoir été aussi naïf. Elle a été forte pour qu'il se soit laissé berner aussi facilement et aussi longtemps. Tomber dans un piège aussi grossier ne lui ressemble pourtant pas.

Il l'entend s'affairer dans la cuisine, et continue de simuler quand elle revient dans le salon. « Nathalie vérifie que je dors toujours », se dit-il, les yeux clos. Elle traverse la pièce, déverrouille la porte de son bureau puis s'y enferme. Elle l'a annexé depuis qu'il n'y va plus. Il perçoit les bruits d'une conversation téléphonique sans qu'il en comprenne le sens.

Il patiente plus d'une heure, osant à peine bouger de peur qu'elle ne le surprenne. Qu'y fait-elle ? Trafique-t-elle ses comptes ? C'est certain, elle joue avec son portefeuille d'actions sur lequel elle a pris la main. Avec qui parle-t-elle ?

Un matin, il a eu le cran de lui demander ce qu'elle faisait dans son ancien bureau. Elle a répondu qu'elle bossait, car elle ne pouvait pas faire autrement vu l'état de ses finances. À l'entendre, elle gérerait un parc immobilier à Londres, qui lui assure des revenus suffisants pour être à l'abri, sans avoir besoin de « son papa chéri ». « Un papa qui lui verse dix mille euros par mois », a-t-il osé dire.

À l'écouter, cet argent suffit à peine à couvrir leurs frais. « Tu les connais aussi bien que moi, ils sont importants ! Cette villa est un gouffre ! »

Il n'a pas réagi quand elle lui a proposé de lui laisser la place et qu'elle trouverait un autre endroit pour travailler tranquillement. Elle savait bien qu'il n'avait plus la force de se concentrer. Elle lui a même mis les comptes sous les yeux, « puisque tu ne me crois pas ! ». Quand, ensuite, il lui a dit qu'il ignorait qu'elle s'occupait d'un parc immobilier à Londres, elle s'est étonnée : « Je t'en ai parlé des dizaines de fois, papa. » En lui caressant affectueusement la tête, elle a ajouté : « Il ne faudrait pas qu'en plus tu perdes la boule ! Comme si tu n'étais pas assez malade ! »

La discussion en était restée là. Jean-Pierre n'avait eu ni la force ni la volonté de la poursuivre. Il l'avait seulement encouragée à « bien bosser ».

Il pense à son ancien bureau, dont il ne s'approche plus, la porte étant souvent fermée à clef. Cette fois encore il a fait mine de comprendre quand elle lui a expliqué que c'est une protection contre les intrus et les voleurs.

« Si on prend mon ordinateur, c'est toute ma vie qui disparaît », a-t-elle dit à son père, omettant de lui révéler où elle mettait la clef. Mais il a repéré la cachette. Il parvient parfois à y entrer juste le temps de revoir ses trésors auxquels il tient tant. Un tableau de Degas et deux bronzes de Bugatti dont chaque unité est évaluée à plusieurs centaines de milliers d'euros.

Il referme les yeux quand il entend la porte du bureau grincer. Elle passe à sa hauteur, marque une pause, réajuste le plaid qui a glissé. Elle monte.

Quelques minutes plus tard, il l'entend profiter du jet puissant de la douche.

C'est maintenant ou jamais.

13.

La douche est le signal, son cœur bat à tout rompre. Il sait qu'elle y reste une bonne dizaine de minutes, sous un jet glacé.

Il se redresse à grand-peine, et saisit sa canne. Dans sa poche, il a glissé un peu d'argent pour prendre le bus au coin de la rue. Son plan est simple : s'éloigner le plus possible avec le car, puis emprunter un portable à un voyageur. Il appellera dans l'ordre son fils, et son avocat. Si aucun ne répond il fera le 18 et advienne que pourra.

Debout, il s'oblige à respirer calmement. Le grincement de la porte du salon lui fait l'effet d'une bombe. En haut la douche coule toujours. Il hâte le pas vers la sortie. La porte de la villa qui donne sur le jardin est fermée à clef. Elle les garde avec elle, forcément.

Il est hors de lui.

Il retourne au salon, la porte grince encore. À l'étage la douche semble avoir cessé. Non, elle reprend. Il entrouvre l'une des baies vitrées qui donnent sur l'arrière et s'y glisse. Enfin dehors, il sent déjà la fatigue le gagner. Il doit la surmonter, s'encourage à voix basse. Ne pas traîner, car elle va vite s'apercevoir de son absence. En descendant, elle vérifiera qu'il somnole toujours dans le salon. D'abord, elle le cherchera dans la maison, puis dans le jardin. Il évalue son avance à une douzaine de minutes. Il file en direction du portail d'entrée qu'elle ne peut apercevoir depuis la salle de bains.

Sa canne l'aide à ne pas perdre l'équilibre dans l'allée caillouteuse bordée de grands pins. Il sort de la propriété, pas totalement rassuré. Il aperçoit l'arrêt du bus à une centaine de mètres. Son salut dépend de lui. Pourvu qu'il arrive vite.

Il est seul sous l'abri, guettant sa venue, surveillant la villa, le pouls à cent à l'heure. Le voilà enfin. Le bus approche, ralentit en l'apercevant. Jean-Pierre jette un œil vers la maison. Personne n'en sort. Son cœur s'emballe, mais il ne triomphe pas encore. Il s'arrête à sa hauteur, les portes s'ouvrent.

Soudain, il renonce à y monter, faisant signe au chauffeur de continuer sans lui.

C'est la voix de Judith qui l'a retenu au dernier instant.

« Jean-Pierre, qu'est-ce que tu fais là ? »

Que répondre d'autre que : « Je suis sorti me balader et je me repose sous l'abribus » ?

Elle glisse son bras sous le sien : « Je te ramène à la maison. Tu auras la force ?

— Bien sûr, ma chérie. »

C'est à cet instant qu'il réalise que son chien l'a suivi. Il ne l'avait pas remarqué.

« Viens Bébé », crie Judith.

Il n'a plus d'autre choix que de se laisser entraîner par sa petite-fille.

PARTIE 4

1.

De l'autre côté de la porte des pompes funèbres, une dizaine de personnes attendent de s'incliner devant le cercueil. Le frère et la sœur ont demandé de rester seuls un instant, positionnés chacun d'un côté de leur père. Un instant qui dure, car Tristan veut savoir comment cela s'est passé.

« Il a présumé de ses forces, dit Nathalie d'une voix triste. Il fallait qu'il se repose mais, tu le connais, il ne pouvait pas tenir en place, il se croyait encore tout jeune. C'est ce qui l'a emporté. » Elle pleure : « Je m'en veux tellement de n'avoir rien vu venir… »

C'est ainsi, par ces quelques mots, qu'elle lui explique la mort de Jean-Pierre. Il est allongé dans un costume sombre, chemise et pochette blanches, cravaté de noir ainsi qu'il apparaissait toujours dans les grandes circonstances. Les yeux clos, il semble apaisé, lui qui, au temps de sa splendeur, était sans cesse sur le qui-vive. Quelqu'un a coiffé ses longs cheveux en arrière, ce qui ne lui ressemble pas.

Tristan a appris son décès par un appel de Nathalie alors qu'il était en pleine réunion avec des investisseurs. Ils travaillaient sur le financement de nouvelles franchises, suivant ainsi une des devises favorites de Jean-Pierre :

« Une entreprise qui ne se développe pas est une entreprise à la mort annoncée. »

Nathalie était dans tous ses états, paniquée, l'appelant à l'aide. Elle se disait incapable de faire face toute seule. Il a accouru aussi vite que possible mais, bloqué à Strasbourg par la signature d'un contrat, il n'est arrivé que trois jours plus tard.

« Il n'y a vraiment eu aucun signe avant-coureur ? Pas d'alerte ?

— Aucun, Tristan. Tu penses bien que je n'ai rien négligé pour sa santé. Bien sûr, comme beaucoup d'hommes de son âge, il traversait des périodes plus difficiles. Il y avait des jours où il ne bougeait pas de son fauteuil et d'autres où il gambadait jusqu'au bout de la plage avec son chien. »

Il insiste :

« Il était bien suivi ? De toi à moi, ce médecin ne m'a pas fait bonne impression le jour où je lui ai parlé.

— Le docteur Fuget a été d'un dévouement et d'une patience exceptionnels avec papa, et je ne le remercierais jamais assez. C'est un médecin formidable ! Jean-Pierre n'était pas un patient facile. Il disait toujours que tout allait bien et qu'il n'avait pas besoin d'un toubib. Robert venait le voir au moins une fois par semaine et nous avions fait un check-up complet au CHU de Nantes, il y a tout juste trois semaines. Évidemment, il n'était pas tout jeune et ses nombreux excès passés ne l'ont pas aidé. Ses résultats médicaux n'étaient pas parfaits mais satisfaisants. Fuget était très confiant et papa se voyait centenaire. Il disait qu'il nous enterrerait tous. »

En entendant « excès », Tristan ne peut s'empêcher de penser à toutes ces femmes qui sont un peu veuves aujourd'hui. Certaines sont probablement dans l'assemblée.

Elle ajoute : « Je m'étais prise de tellement d'affection pour lui. Au point d'en oublier ma propre vie. Franchement, je me suis donnée corps et âme à notre papa. »

Nathalie raconte qu'elle avait laissé Jean-Pierre dans son fauteuil en train de lire. Il était joyeux, un peu fatigué comme toutes les fins de matinée. Bébé dormait à ses pieds, comme toujours.

« La pauvre bête est encore plus triste que nous. Elle geint du matin au soir.

— Qu'est-ce que tu vas faire de lui ? Le garder ?

— Évidemment, je ne vais quand même pas le mettre dans un refuge ! Par respect pour notre père. Mais si tu veux le récupérer... »

Tristan laisse filer, il ne va pas s'encombrer d'un clébard...

Nathalie essuie une larme.

« Je n'aurais pas dû laisser papa seul à la villa... »

Elle a fait un rapide aller-retour à l'Intermarché. Quand elle est revenue, il semblait dormir et elle n'a pas voulu le déranger. Après avoir rangé les courses et préparé à déjeuner, elle l'a appelé mais il n'a pas répondu.

« Il avait la tête inclinée, les yeux grands ouverts. Je crois que j'ai hurlé. Je ne savais plus comment réagir alors j'ai appelé son docteur qui a averti les pompiers. Ils n'ont rien pu faire. Ils se sont contentés de constater son décès. » Elle suffoque : « C'est ma faute. Si j'avais été là quand il a eu son infarctus, papa serait encore en vie. Je m'en veux tellement d'avoir pensé qu'il dormait. »

Elle pose un regard plein d'amour sur le visage de Jean-Pierre. « Mon pauvre papa », murmure-t-elle.

Soudain, elle éclate en sanglots, se retient aux parois du cercueil. Ému, Tristan saisit sa main. Ce geste signifie qu'il partage sa douleur, mais c'est aussi un remerciement pour son dévouement.

« Maintenant tu vas pouvoir reprendre le cours de ton existence.

— Je crois que nous allons retourner à Londres, dit-elle. Ou nous installer à Paris… Je ne sais plus… Rester ici serait trop douloureux.

— Et Judith ? Comment elle a réagi ?

— Tellement, tellement mal. Elle pleure du matin au soir. Robert lui a prescrit des tranquillisants. Elle n'arrive pas à se faire à la mort de son grand-père. » Elle ajoute, après s'être essuyé les yeux du revers de la main : « Elle l'adorait. Tu n'imagines pas à quel point ces deux-là étaient complices. »

2.

Un peu en retrait, Nathalie et Tristan regardent passer les proches venus s'incliner avant qu'on ne referme le cercueil. Tous présentent leurs condoléances, parlent de la perte d'un homme exceptionnel. Frédérique fait planer un léger malaise en évitant Nathalie. Celle-ci a fait un geste dans sa direction avant de se raviser.

Noémie embrasse longuement sa belle-sœur.

« Merci pour tout. Je connais peu de personnes capables d'en faire autant que toi. »

Ses filles passent sans poser un regard sur la dépouille de leur grand-père. Judith est la dernière. À l'inverse de ses cousines, elle reste un long moment à côté du corps, semblant réciter une prière. Puis, avant de se retirer, elle pose un baiser sur son front.

Tandis que le couvercle du cercueil se referme sur son père, Tristan s'en veut. Il se reproche de l'avoir abandonné, de ne pas avoir été assez présent. De s'être contenté d'appels téléphoniques irréguliers et brefs. De ne pas avoir accouru tout de suite. En lui-même il lui demande pardon. Il se sent responsable de sa déchéance. Comme le lui a dit Nathalie, « on n'a qu'un papa », et il l'a négligé. Évidemment, il avait remarqué lors de sa seule visite que sa santé se dégradait un peu, qu'il n'était plus le même homme passionné par tout, mais il a fermé les yeux. Par égoïsme, sans doute, par refus aussi d'admettre que son père déclinait inexorablement. Mais bon, se convainc-t-il, personne n'est à l'abri d'une crise cardiaque.

« Si tu le souhaites, le docteur Fuget qui a signé le permis d'inhumer te montrera ses analyses et t'expliquera les détails de son décès inéluctable. Il te dira pourquoi il s'affaiblissait. Moi, je n'ai pas envie, j'ai trop besoin de me souvenir de lui vivant et en forme. »

« Inéluctable », c'est le mot qu'elle a employé pour parler de sa mort.

« Selon Fuget, notre père a traversé une lourde dépression après la perte de Julien et il en a gardé des séquelles. Ça allait vraiment mieux depuis que nous étions à La Baule, comme tu as pu le constater quand tu es venu. »

Il s'étonne de ces derniers mots, mais la laisse poursuivre.

« Son médecin a fortement baissé sa dose quotidienne d'anxiolytiques et de médicaments. Il n'en prenait quasiment plus et chaque jour il remontait la pente. Au début je l'accompagnais en balade avec son chien. Et d'un bon pas, je t'assure, au point que j'ai fini par renoncer tellement il m'épuisait ! »

Tristan se souvient que leur balade sur la plage fut laborieuse et que Jean-Pierre en était revenu très fatigué. Sa sœur enjolive les derniers jours de son père mais il ne lui en veut pas. Elle veut garder de lui le souvenir d'un homme en forme.

« Notre papa avait même retrouvé l'appétit, poursuit-elle. Et il nous emmenait au restaurant… Tu connais son péché mignon, il se gavait d'huîtres. Il fallait que je le freine pour qu'il ne commande pas une seconde douzaine !

— Je ne savais pas qu'il les aimait à ce point, c'est nouveau, dit-il. Son truc, c'étaient les restos asiatiques.

— Ah lui et ses sushis, il en commandait au minimum une fois par semaine. Qu'est-ce qu'il était gourmand. Il fallait toujours passer chez Roussel prendre des babas au rhum. »

Ça aussi, Il l'ignorait. Dans sa mémoire, il n'était pas fan de sucré, à l'exception des macarons.

Et les voilà, à passer en revue les souvenirs culinaires partagés avec lui… Leurs déjeuners chez Foc ly.

« Jean-Pierre n'était plus tout à fait le même homme depuis que tu t'occupais de lui, conclut-il. Sans toi, il aurait sans doute disparu avant. »

La cérémonie d'incinération va commencer. Leur père voulait finir brûlé comme son fils cadet et que ses cendres soient répandues dans l'océan. Il est prévu que Nathalie et Tristan le fassent dès le lendemain matin.

Tristan ne lâche la main de Nathalie qu'au moment de rejoindre ceux qui les attendent dans la salle de cérémonie. Plusieurs centaines de personnes ont fait le déplacement. Son cercueil est installé par les agents des pompes funèbres tandis qu'ils le couvrent de fleurs et de couronnes. Dans la foule, Tristan aperçoit en retrait un homme d'une quarantaine d'années qu'il ne connaît pas. S'il le repère, c'est qu'il a embrassé Nathalie et Judith avant que celles-ci ne le rejoignent au premier rang, sur la musique de l'*Ave Maria*.

« C'est le docteur Fuget », lui glisse Nathalie à l'oreille.

3.

Tristan et Amandine attrapent le train d'extrême justesse. Tout ça par la faute de séparations interminables et d'embrassades à n'en plus finir. Nathalie faisait promettre à tous qu'ils se reverraient très vite. Évidemment, elle pleurait. Et le temps passait... Ils allaient rater leur train, s'énervait Amandine qui exhortait Tristan à partir.

Elle pousse un grand ouf de soulagement tandis que Tristan installe sa lourde valise sur l'étagère. Ils ne sont restés à La Baule que quelques jours et il se demande comment elle peut avoir un bagage aussi gros, alors que lui n'est venu qu'avec son habituel sac en cuir.

Il la taquine : « Tu as l'air contente de rentrer à Paris !

— Trois jours de supplice, c'est largement suffisant ! J'étais au max. Tu as une drôle de famille...

— Toutes les familles sont bizarres, ma chérie.

— Pas autant que la tienne, mon chéri ! »

Elle n'a pas su refuser quand Tristan lui a demandé de l'accompagner aux funérailles de son père. Elle pensait ne faire qu'un aller-retour, ils sont restés plus longtemps que prévu. À tous il l'a présentée comme une amie de longue date. Personne n'a été dupe, elle était sa nouvelle conquête dont l'avenir avec lui était compté. Dans le regard de certains, elle avait même noté de la pitié : « Celle-là, il y a peu de chances qu'on la revoie un jour. »

C'est ainsi qu'au fil du séjour elle a fait la connaissance des Delaporte. La mère, assez antipathique, et pas seulement avec elle ; Noémie, la belle-sœur qu'elle a trouvée complètement paumée sans son mari ; ses gamines, deux ados insupportables que la mort de leur grand-père n'avait pas l'air de troubler ; et cette demi-sœur, la fameuse Nathalie, qui en a fait des tonnes pour se rendre aimable avec elle. D'entrée, elle ne lui a pas plu. Sans parler de Judith. Le soir même Amandine a confié à son amant qu'elle ne la sentait pas plus que sa mère. Pendant trois jours, elle les a d'autant moins appréciées que Tristan était en pâmoison. Trop de larmes, trop de caresses, trop d'embrassades, trop de tout. Elle a vite fini par ne plus pouvoir les voir en peinture alors que tout le monde – à l'exception notable de Frédérique – était pris à leur jeu et les trouvait formidables. Elles étaient le centre du monde, encore plus que le défunt.

Le discours de Nathalie pendant la cérémonie où elle a parlé la première a capté l'attention. Son empathie, les mots simples qu'elle a employés pour évoquer la mémoire de son père ont ému. Nathalie a pris la lumière. L'hommage de Tristan, ensuite, a sonné un peu faux. Il manquait de chaleur. Les filles de Julien ont récité leur leçon ; en revanche, Judith a su trouver les mots justes pour émouvoir l'assemblée. Elle a été brillante. La plupart ne la connaissaient pas et ont été bluffés par son naturel et son charisme. Tandis qu'elle rendait hommage à son grand-père, Amandine a jeté un œil sur sa mère. Elle fut la seule à noter que Nathalie semblait triompher à cet instant-là.

Ensuite Nathalie fut omniprésente, en dépit de sa « tristesse infinie », deux mots qu'elle n'a cessé de répéter aux uns et aux autres. Elle ne réussissait à tenir, confiait-elle, que par amour pour sa nouvelle famille, et grâce au souvenir des beaux moments partagés avec son papa. Pour Amandine, la coupe a débordé quand elle lui a dit : « Tu as la chance extraordinaire d'être la compagne de Tristan, un frère incroyable. Je l'adore ! »

Le lendemain, toute la famille et quelques proches se sont retrouvés sur le front de mer pour disperser les cendres de Jean-Pierre, bien que ce ne soit pas autorisé. Nathalie a tout vidé dans l'océan, sans même proposer à Tristan de partager ce moment.

Quand, après l'avoir attiré à l'écart, Amandine lui a demandé pourquoi il l'avait laissée faire, il a répondu qu'il n'y tenait pas, que c'était mieux ainsi. Elle l'a trouvé si lâche en cet instant…

De retour à La Baule, tous deux sont allés visiter la villa. Tristan voulait s'assurer que le Degas et les bronzes Bugatti étaient bien à leur place dans le bureau.

Nathalie les a rejoints. « Ils sont pour toi et les enfants de Noémie, papa y tenait », a-t-elle aussitôt précisé. Quand Amandine a fait remarquer que chaque pièce valait une fortune, elle a fait l'étonnée. « Plusieurs centaines de milliers d'euros », a-t-elle précisé, guettant sa réaction, encore plus stupéfaite. Tristan s'est contenté de saluer les qualités de collectionneur de leur père. « Il avait du pif. » Amandine confiera plus tard à son amant : « Ta sœur te prend pour un imbécile. Elle sait parfaitement la valeur de ces bronzes. Je te conseille de mettre vite la main sur ces trésors. » Il répondra qu'il a une confiance totale en sa demi-sœur, se demandant comment échapper au fisc, car il a l'intention de vendre le sien. Il regrette maintenant de ne pas l'avoir emporté avec lui, il n'a pas osé sur le moment.

Amandine revient sur le sujet dans le train, l'alerte sur cette sœur tombée du ciel. Il lève les yeux au ciel. À sa tête, il lui fait comprendre que ce ne sont pas ses affaires. « Heureusement qu'elle a tout organisé, elle a été parfaite », est son unique réponse.

« J'ai un avion pour le Sud dans deux heures et je ne peux pas tarder », l'avertit-elle sur le quai.

Puis, d'une voix neutre, elle a annoncé à Tristan qu'elle le quittait.

Amandine scellait ainsi la victoire, une de plus, de Nathalie. C'est ce qu'elle s'est dit en le regardant s'éloigner dans le taxi sans qu'il se retourne vers elle.

4.

Christian Pelletier, le notaire de la famille Delaporte de génération en génération, depuis son arrière-arrière-grand-père, ne semble pas trop à l'aise quand il reçoit Tristan et Noémie.

Tristan manque d'énergie depuis qu'Amandine a rompu. Il n'a pas tenté de la récupérer, c'était inutile. Depuis, il noie sa déception dans des aventures sans lendemains. Finalement, a-t-il fini par se convaincre, il n'est pas fait pour le grand amour.

Ils patientent depuis une heure quand le notaire apparaît enfin.

« Démarrons », dit-il après avoir embrassé Tristan comme du bon pain. Tristan insiste pour qu'on ne commence pas sans sa sœur Nathalie mais, lassé de l'attendre, Pelletier les entraîne dans son bureau du centre de Nantes.

Il lâche dans un presque murmure, comme s'il se parlait à lui-même : « Cela m'aurait étonné qu'elle soit présente… »

Tristan capte son embarras : « Il y a un problème avec elle, Christian ?

— Prenez place », se borne-t-il à répondre.

Tristan appelle Pelletier par son prénom, car ils ont fréquenté, enfants, le même club Mickey de La Baule. Leurs chemins se sont écartés, l'un est allé à Paris et l'autre, en bon fils de notaire, est resté dans le coin. En fait, Tristan ne l'a jamais beaucoup apprécié. Enfant, il était déjà faux jeton, un petit con prétentieux, et il l'est resté.

Ses propos l'ont aussitôt alerté quand Pelletier l'a appelé quelques jours plus tôt. Il venait de faire l'inventaire de la succession et il avait un besoin urgent de le voir avec Noémie, avait-il insisté.

Tristan a plaisanté : « C'est pour le magot ? » Pelletier a seulement répondu qu'ils devaient venir à Nantes. « On ne parle pas de ces choses-là au téléphone. »

Tristan a demandé au notaire si Nathalie serait présente. Sa réponse a été tout aussi sibylline et vraiment intrigante. « C'est à elle de décider, je ne peux forcer personne à venir à l'étude. »

Tristan a appelé Nathalie dans la foulée. Le son de la tonalité indiquait qu'elle n'était plus en France. Ce qu'elle a nié quand elle a rappelé deux jours plus tard : « Je ne peux, ni ne veux rester dans la maison où notre papa est décédé. C'est trop dur pour moi, tout me rappelle sa présence. Nous allons partir. »

Il a parlé du rendez-vous à l'étude de Pelletier. Elle a assuré qu'elle serait présente avant d'évoquer ses projets. Elle hésitait entre rester en France – mais où ? À Paris, peut-être, « pour vivre près de vous ». Sûrement pas en Loire-Atlantique, mais pourquoi pas dans le Sud où elle s'était promenée avec Jean-Pierre, quelques semaines avant son décès ? « Il était en pleine forme, a-t-elle dit, et nous avons passé une semaine formidable dans le Luberon.

Notre papa avait le don de dénicher des endroits magnifiques, aussi bien les hôtels que les restaurants. »

Tristan n'a pas eu besoin de fouiller dans sa mémoire, il n'a jamais entendu parler de ce voyage.

« Il voulait t'envoyer une carte postale ! » s'est-elle exclamée.

Le plus probable est qu'elle retournerait à Londres où elle reprendrait sa vie là où elle l'avait laissée. C'était aussi le désir de sa fille. Elle a insisté pour qu'ils restent en contact et surtout qu'il vienne la voir où qu'elle soit. Même en Angleterre ! Elle a plaisanté : « Ici, nous avons la meilleure cuisine du monde ! » Il réalisa qu'elle y était déjà installée et qu'elle n'osait pas le lui avouer. Avant de raccrocher, Tristan a dû promettre de continuer à la voir le plus souvent possible.

« Tu es de la famille, maintenant et à vie », a-t-il dit, encore intrigué par ce voyage dans le Luberon.

5.

Pelletier ne traîne pas. À peine sont-ils assis qu'il leur annonce qu'il n'y a pas grand-chose dans la succession, seulement la villa de La Baule, mais que Nathalie en conserve l'usufruit. Le reste a été placé en assurance-vie de deux millions d'euros environ, dont elle touchera la moitié, tandis que les filles de Noémie et lui se partageront le million restant. « Il est évident que ton père a voulu la privilégier », indique le notaire, sentencieux.

Contre toute attente Noémie, alors qu'elle est restée silencieuse jusque-là, s'étonne, presque fâchée :

« C'est impossible qu'il ne reste que si peu !

— Je ne sais à quoi vous vous attendiez, malheureusement, c'est tout ce qu'il y a... » Il s'adresse à Tristan : « Tu penses bien que mes clercs et moi-même avons tout vérifié. »

Noémie n'abdique pas. Tristan n'a jamais vu sa belle-sœur dans cet état. Il en est un peu gêné.

« Vous vous êtes trompé », enrage-t-elle, s'emparant d'autorité de la liasse de papiers que Pelletier tient en main.

Tristan reste sans voix, Pelletier tente de calmer le jeu :

« Cela ne sert à rien de vérifier. Nous aussi avons été surpris par le montant de la fortune de Jean-Pierre. Il n'y a rien d'autre. Tout est parfaitement clair. Il n'y a pas d'embrouille. »

Au mot « embrouille » Noémie lève ostensiblement les yeux au ciel.

Il se tourne de nouveau vers Tristan :

« Cela peut paraître incompréhensible. Je te demande de me croire, Tristan. Il n'y a rien de caché. Ton père n'était pas aussi fortuné que tout le monde le pensait.

— Il a vendu sa boîte ! » s'exclame Noémie.

Pelletier réagit, un peu désolé. Il ne s'adresse toujours qu'à Tristan :

« Pour pas grand-chose. La situation financière de l'entreprise n'était pas super. Il l'a cédée au plus offrant, mais pour des peccadilles. » Pelletier se penche sur ses notes. « Après impôts, il ne lui est resté que cent trente-cinq mille euros et quarante-sept centimes. Cet argent a ensuite été versé sur l'assurance-vie. » Il ajoute, l'air désolé : « Croyez-moi, il n'y a que ça. »

Tristan demande : « Et les bronzes Bugatti ? le Degas ?

— De quoi tu parles ?

— De sculptures en bronze qui valent une blinde et de son Degas, période bleue. Ils étaient pour nous. »

Le notaire fouille dans les papiers qu'il reprend des mains de Noémie sans la brusquer.

« Ils n'y figurent pas. Je doute que ton père les ait déclarés. Ils n'existent nulle part.

— Elle les a volés ! » s'emballe la belle-sœur.

D'une main insistante, Tristan tente de la calmer. En vain.

« Nous ne nous laisserons pas faire ! »

Pelletier, d'un ton si énervant qu'il sent Noémie à deux doigts de le gifler, affirme sans citer le nom de Nathalie :

« Si quelqu'un les a emportés, croyez-moi, pour les vendre, ça va être coton, mes amis. »

Tristan se retient de lui dire qu'ils ne sont pas amis. Le notaire poursuit :

« Tu possèdes des éléments matériels qui prouvent que ton père avait acquis ces œuvres d'art ?

— Quel genre d'éléments ?

— Des factures, bien sûr. »

Il lâche :

« Faudrait fouiller dans ses papiers...

— Eh bien fouillez ! »

Son petit sourire satisfait agace Tristan au plus haut point. Il se contient, demande :

« Jean-Pierre a donc choisi de privilégier Nathalie ?

— De toute évidence, car il lui laisse l'usufruit de la villa et cinquante pour cent de l'assurance-vie. Peut-être voulait-il la récompenser pour s'être occupée de lui pendant des mois. J'ai ici, dit-il, la déclaration de son médecin, Robert Fuget. Il indique sous serment que Jean-Pierre était parfaitement sain de corps et d'esprit quand il a signé son testament. Ton paternel connaissait l'exacte mesure de sa fortune. »

Noémie explose soudain. Elle lâche : « La salope !

— Noémie, je t'en prie ! l'interpelle Tristan.

— Ouvre les yeux : tu ne vois pas qu'on s'est fait flouer par *ta* Nathalie. Ou pour être vulgaire "bien baiser" !

— Je vous le répète madame, il n'y a aucune confusion dans le testament de votre beau-père, intervient Pelletier.

— Allons-y », dit Tristan en l'entraînant vers la sortie. Elle le fixe d'un regard noir quand il s'excuse auprès du notaire.

« Je comprends pourquoi elle n'est pas venue, lâche Noémie, Je l'aurais éventrée ! »

6.

Il n'a pas fallu qu'il insiste pour que Pelletier accepte de prêter son Audi.

Elle est puissante et ils ont dévoré en moins de temps qu'il faut pour le dire les quatre-vingts kilomètres qui séparent Nantes de La Baule.

Noémie ne décolère pas pendant le trajet. Elle lui reproche de ne pas l'avoir suffisamment soutenue face à « ce connard de notaire ». Il est tour à tour naïf, gentil et trop poli. Il fallait lui rentrer dans le lard, comme elle l'a fait.

« Tu viens de prendre un mur en pleine gueule et tu ne réagis pas ! Putain, ouvre les yeux, Tristan. »

Il aurait voulu qu'elle se taise et encaisse sans répondre. Il n'arrive pas à être aussi remonté qu'elle.

Le portail de la maison est entrouvert, les volets roulants n'ont pas été baissés. La pelouse a été tondue, le jardin entretenu… La villa semble pourtant sans vie, désertée.

« Elle s'est barrée sans laisser d'adresse, triomphe Noémie.

— La dernière fois que je l'ai eue au téléphone, je suis

certain qu'elle était à l'étranger, bien qu'elle m'ait soutenu le contraire, reconnaît-il.

— Elle s'est tirée avec tout notre fric ! éructe-t-elle. Si elle se cache à l'étranger, ça ne sera pas facile de la retrouver. »

Noémie est certaine qu'elle a fui sous une fausse identité. À nouveau, elle la traite de salope. Tristan ne l'a jamais vue dans un tel état. D'ordinaire elle est calme, effacée. Jamais grossière. La haine transpire de tous les pores de sa peau. Elle poursuit dans son délire : « Si je la croise je lui arrache les yeux et je l'étrangle de mes propres mains. » Cette fois c'est de pute et d'ordure qu'elle la traite. Il renonce à la calmer. Tristan reste encore sur sa réserve. Il refuse de croire qu'il a été trahi. Il fouille dans ses souvenirs, et ne déniche rien qui aurait pu l'alerter. Il doit bien y avoir une explication. Manipulé comme un gamin ? Non, pas par Nathalie. C'est impensable. Impossible.

« Un petit million à nous partager ! Y a forcément plus dans l'héritage ! s'écrie-t-elle. Putain, où a-t-elle planqué l'argent ? »

Ils font le tour de la Villa Hortense, espérant trouver le moyen d'y entrer. Après tout, cette maison est celle de Tristan, celle de ses étés, de son enfance. Noémie est la plus acharnée. Elle tourne les poignées des portes, pousse à deux mains les fenêtres. Impossible. Son exaspération décuple. Elle vocifère en traitant Pelletier de « naze » et de « gros nul ».

« Je suis certaine qu'elle s'est foutu ce putain de notaire dans la poche. » Elle crache : « Dans son pieu ! Dire que j'avais une confiance aveugle en cette femme…

— Ne raconte pas n'importe quoi, Noémie. S'il te plaît, restons calmes. Il doit bien y avoir une explication.

— Ces types-là, ce sont des vendus. Tu dois porter plainte contre ce fumier de notaire ! »

Il frémit d'étonnement. Pourquoi ne décolère-t-elle pas ? Pourquoi tant de fureur ? C'est comme si Noémie se déchargeait de mois de colère retenue.

Elle est formelle : « Il y a forcément du fric. Ton père était milliardaire ! Jean-Pierre était tellement entiché de cette salope qu'il s'est laissé dépouiller sans s'apercevoir de rien. »

C'est tout juste si elle n'accuse pas Nathalie d'avoir tué « un vieillard diminué et sans défense ».

« Si ton frère avait été encore là, il n'aurait pas laissé cette fille nous voler ! »

Il prend cette dernière saillie pour lui. Cette fois, il riposte :

« Mon père n'était pas homme à se faire manipuler, surtout en affaires ! C'était un loup !

— Il est mort, à elle notre fortune, ironise Noémie.

— Pour l'instant, on ne sait rien du tout. Ça ne sert à rien de s'énerver ! »

Les mains sur les yeux, ils regardent à travers la fenêtre de la cuisine. Sur le comptoir, Tristan aperçoit une bouteille de bordeaux à moitié vidée. C'est un château-léoville-las cases, dont il avait offert une caisse à son père. Il reste un peu de vin au fond d'un verre, posé à côté.

« Quelqu'un habite la villa, affirme-t-elle. Si ce n'est pas Nathalie… va savoir… »

Ils marchent vers l'aile où se trouve le bureau. Les rideaux sont tirés, il est impossible de voir si les bronzes sont toujours en place.

Soudain une voix venue de nulle part les surprend :

« Qu'est-ce que vous foutez là ? »

7.

Une silhouette se tient dans l'ombre de la maison, à l'angle. Dans un premier réflexe, tous deux reculent. Tristan a un mouvement qui peut faire croire qu'il cherche à s'échapper. Comme s'il était en train de violer un domicile.

Il se reprend.

« On est chez nous, dit-il le plus fermement possible pour cacher son trouble. Cette villa appartient à mon père, Jean-Pierre Delaporte.

— À votre père ?

— Il est décédé. Et, ma belle-sœur et moi, nous sommes ses héritiers. »

L'homme est calme, il semble sincèrement surpris. Noémie enfonce le clou en désignant Tristan du menton.

« C'est à vous que je demande ce que vous faites là, dans la maison de la famille Delaporte. La famille de monsieur… Et la mienne par alliance. »

Tristan exhibe un trousseau de clefs comme la preuve absolue que Noémie a dit vrai. Son geste un peu théâtral laisse l'homme de marbre.

« J'habite ici depuis plusieurs semaines. Je loue. Et vous voyez, je viens de faire le plein ! »

L'homme sort de la pénombre. Il sourit en exhibant deux grands sacs Intermarché, mais son regard n'est ni sympathique ni accueillant. Neutre.

Tristan reconnaît aussitôt Fuget. Il glisse à sa belle-sœur : « C'est le médecin qui a soigné Jean-Pierre.

« Vous occupez notre maison ? lance-t-il, interloqué. De quel droit vivez-vous ici ?

— Nathalie me l'a proposé et j'ai accepté. Ce n'est pas plus compliqué que ça. »

Tristan se dit qu'il doit calmer les choses, pour comprendre. Certes Nathalie a l'usufruit de la villa, mais de là à la céder sans leur en parler…

Noémie, à l'inverse de lui, s'énerve de nouveau. Elle gueule :

« Vous occupez illégalement notre maison. Ici, c'était chez mon beau-père ! » Elle poursuit en désignant Tristan : « Lui, c'est son fils. Ici, il est chez lui et il fait ce qu'il veut. »

Fuget se gausse : « Pourquoi vous fouinez, puisque vous avez les clefs ? Fallait rentrer ! »

De rage, Noémie attrape son téléphone dans son sac si brusquement qu'il manque de lui échapper des mains. Elle lance, furieuse : « Je vais appeler les flics. »

Lui ne semble pas impressionné par les menaces de Noémie. Il se contente de hausser les épaules et sourit :

« Allez-y ! »

Tristan assiste médusé à l'échange musclé. Il voudrait que Noémie se taise, qu'ils s'expliquent. Il doit y avoir un malentendu. Mais la situation empire quand Fuget ironise : « Au moins, avec eux, je ne serai pas obligé de vous mettre dehors, ils s'en chargeront !

— Espèce de connard !

— Restons polis, chère madame. Madame comment ? »

À son tour, il sort son portable.

En même temps qu'il tape sur les touches, il annonce le « 1 » et le « 7 ». Il met le haut-parleur et ils entendent « vous avez appelé le numéro d'urgence de la police, ne quittez pas ». Il raccroche avant que quelqu'un réponde. Il prévient : « Ne m'obligez pas à le refaire. » Il ne bluffe pas mais il en faudrait davantage pour ébranler Noémie. Elle s'empare des clefs, fonce à la porte d'entrée et tente de les glisser dans la serrure. C'est inutile, se dit Tristan, ils les ont essayées en arrivant, mais Noémie s'entête.

« Putain, ils ont déjà changé les serrures ! »

L'homme semble désolé : « Je loue la maison à Mme Nathalie Delaporte-Fitzgerald, la propriétaire, en toute légalité. Vous devriez partir. J'ai à faire.

— En plus il se fout de nous », s'emporte Noémie. Elle insiste, menace encore : « Nous exigeons d'entrer !

— Non.

— Quoi, non ?

— C'est chez moi et vous restez dehors. Point final. »

Noémie attire Tristan à l'écart.

« Tu ne vas quand même pas te laisser faire par ce type ! dit-elle.

— Évidemment que non, mais ça ne sert à rien de s'énerver.

— Je ne suis pas énervée, Tristan, je défends seulement nos intérêts. Si tu veux, je me barre tout de suite !

— Non, non je n'ai pas dit ça… »

Tristan souffle, revient vers l'homme : « Discutons.

— Discuter, mais discuter de quoi ? Je n'ai rien de plus à vous dire. »

Il sourit toujours, moqueur, sûr de son fait. À son tour, Tristan est sur le point d'exploser. Il déteste l'arrogance de ce type.

Il appelle le 17. Il explique que sa maison est squattée par un inconnu qui prétend être locataire. En attendant que les flics arrivent, il retourne au fond du jardin retrouver Noémie. Elle a craqué et pleure, assise sur la souche d'un pin fraîchement coupé. Elle consulte son portable. Elle ne lève pas la tête en l'entendant approcher.

« Il ne faut pas te mettre dans cet état. Les flics arrivent, dit-il. Ce type, je m'en suis toujours méfié depuis que j'ai appris qu'il soignait Jean-Pierre. Mais il faut le prendre en douceur, sans s'énerver. Tu gardes ton calme avec les flics, d'accord ? »

Elle souffle : « Je le prends comme je veux, que ça te plaise ou non !

— Ça ne me plaît pas ! Les flics vont régler ce merdier en moins de deux.

— N'importe quoi. On est baisés, Tristan ! Ouvre les yeux !

— Ce n'est pas ta villa que je sache ! » lâche-t-il, agacé.

Elle se relève d'un bond, s'approche de lui et le fixe si puissamment dans les yeux qu'il les baisse. Son mécontentement éclate :

« En effet, ce n'est pas ma maison et tu m'excuseras d'avoir essayé de t'ouvrir les yeux, d'avoir voulu t'aider et de penser à mes filles. Mais toi tu t'en fous. »

Il a beau lui demander de se calmer, rien n'y fait.

« Toi et ton père, vous vous êtes comportés comme des gamins avec cette femme et, chapeau à elle, elle a bien profité de votre abyssale bêtise ! Mais le pire c'est que toi, comme tous les autres, ça t'arrangeait bien qu'elle s'occupe du vieux. Bref, et c'est bien fait pour toi, tu t'es fait avoir, mon pauvre Tristan. »

Ses mots l'ébranlent.

« Je me barre et démerde-toi ! »

Il doit la retenir par le bras.

« Ne t'énerve pas, supplie-t-il, j'ai seulement besoin de comprendre ce qui se passe. Ce qu'il fout là, où est passée Nathalie. Et toi, tu tires des conclusions hâtives.

— Il se passe que cette sœur que tu adulais vous a tout pris. Il ne nous reste que nos yeux pour pleurer.

— S'il te plaît, ne dis pas des choses pareilles, je suis paumé…

— Ah, oui c'est sûr, tu as tout paumé !

— Attendons pour voir…, tente-t-il.

— C'est tout vu ! »

Elle est sur le point d'en remettre une couche sur Nathalie, mais les flics sauvent Tristan d'une nouvelle humiliation. Ils viennent d'arriver.

8.

« Bonjour docteur », dit d'autorité celui qui semble le supérieur des trois en serrant la main de Robert.

Une demi-heure plus tard, Tristan et Noémie quittaient la Villa Hortense. Déçus, écœurés, et incapables de savoir ce qu'ils allaient faire maintenant. En rentrant à Nantes dans la puissante berline de Pelletier, Tristan promet à sa belle-sœur qu'il ne laissera rien passer.

« Ça ne servira à rien… Nous avons perdu la villa et il faudra se contenter des restes de l'héritage de Jean-Pierre. Tout se tient.

— C'est-à-dire ?

— C'est-à-dire qu'ils sont complices… Je suis sûre qu'ils couchent ensemble ! Un beau duo ! »

Tristan appelle Nathalie, mais elle est occupée.

« Elle ne te répondra jamais, ironise Noémie. Elle doit triompher, cette salope ! »

Tristan serre la main de la veuve de Julien :

« On va trouver une solution. »

Au même moment, Robert est en ligne avec Nathalie pour l'informer.

« La police a été à la hauteur », se félicite-t-il.

Il commence par le début, lorsqu'il est tombé sur eux en rentrant de ses courses.

« Quand ils ont vu mes paquets, ils ont vite compris.

— Ils ont dû penser que la villa était squattée, non ?

— Oui, forcément… Je ne me suis pas énervé. Pourtant j'aurais pu. Ils menaçaient d'appeler les flics. Ta belle-sœur est montée dans les tours tout de suite. Une vraie furie ! Et vulgaire !

— Vulgaire, ce n'est pas son genre !

— Je préfère ne pas te dire de quoi elle t'a traitée…

— Épargne-moi ! Pourtant je l'aime bien, Noémie. Elle doit me détester maintenant.

— C'est peu de le dire…

— Et donc avec les flics ?

— Ils ont vite saisi la situation, que j'étais de bonne foi et dans mes droits. J'ai dit que je comprenais leur frustration mais que je n'y étais pour rien. Je suis allé chercher les papiers qui stipulent que tu me prêtes la villa meublée pendant un an. J'ai aussi présenté les documents qui font de toi l'usufruitière. La femme s'est encore énervée mais cette fois contre eux, en leur reprochant de protéger un arnaqueur.

— Elle y est allée fort.

— Leur chef a compris que c'était la maison d'enfance de Tristan. Il a reconnu que c'était dur pour eux mais qu'ils ne pouvaient pas m'obliger à les faire entrer. Ils devaient partir.

— Tu aurais pu les laisser entrer, souffle-t-elle.

— C'est ce que j'ai fini par accepter, Nathalie. Nous n'avons rien à cacher. Surtout à cette famille ! En fait, et je l'ai compris après, ils voulaient vérifier que le tableau de Degas et les bronzes étaient toujours là. Finalement, les voir les a rassurés et un peu calmés.

— Fin de l'histoire ?

— Oui. Tu aurais dû voir comment Tristan s'est aplati devant les flics quand ils leur ont demandé de quitter les lieux.

— Et elle ?

— Elle a un peu protesté, promis que les choses n'en resteraient pas là.

— Je vais appeler Tristan pour calmer tout ça.

— Aucun danger ?

— Tu peux continuer à occuper la villa.

— J'en ai plein le dos de ce coin pourri… Qu'est-ce que je m'emmerde. »

9.

Tristan et Noémie se sont séparés sur un quai de Montparnasse après un baiser rapide et la vague promesse de se revoir très vite. Ils ont peu parlé dans le train pour Paris, chacun revivant à sa manière les événements du jour.

Elle a demandé :

« Et que comptes-tu faire ?

— Je vais prendre un avocat et je vais porter plainte.

— Contre qui ?

— Contre ce type !

— Et pas contre Nathalie ? »

Il a éludé : « On verra avec mon avocat. »

Relevant un sourire moqueur sur le visage de Noémie, il a insisté :

« Je sais que tu penses qu'elle en veut à notre argent. Mais alors pourquoi les deux bronzes et le Degas sont toujours à la villa ? Tu les as vus, non ?

— Ce sont des copies ! a-t-elle ironisé. À ta place je demanderais une expertise. »

Ensuite, ils ne se sont plus rien dit du voyage.

Le soir même, il tente de la joindre au téléphone. Sa messagerie se déclenche aussitôt, c'est signe qu'elle ne veut pas répondre. Il voulait lui parler de Nathalie. La rassurer à son égard.

Son portable sonne quelques minutes après et c'est le numéro de Nathalie qui s'affiche.

« Je te dois une explication pour la Villa Hortense », dit-elle d'entrée.

Elle se confond en excuses, comme à son habitude. Elle s'en veut de ne pas l'avoir averti qu'elle prêtait la maison au docteur Fuget, celui qui avait accompagné leur père pendant des mois. Elle explique qu'il était obligé de quitter son appartement et qu'elle lui a proposé de s'installer à la villa.

« C'est temporaire, assure-t-elle à Tristan. Je lui ai proposé qu'il occupe Hortense le temps qu'il trouve un nouveau logement.

— Pendant longtemps ?! s'exclame Tristan.

— Non, non, il ne restera pas. Toi comme Noémie et les filles serez les bienvenus à Hortense, je m'y engage. Moi, je n'y reviendrai pas. Elle me rappelle trop la vie auprès de notre père. Mais pour que tout soit dans les règles, je lui ai fait un contrat d'occupation gracieuse. Il paie seulement les charges. Et elles sont conséquentes. » Après un instant d'hésitation, elle se lance : « Robert est mon compagnon. Nous sommes ensemble depuis bien avant qu'il ne s'occupe de papa à Paris. Voilà, c'est dit.

— Je m'en doutais un peu… Mais je peux tout entendre, même que ma sœur a un amant !

— Pardonne-moi de ne pas te l'avoir dit. Je n'osais pas… » Elle ajoute : « Après tout ce qu'il a fait pour Jean-Pierre, nous lui devons bien ça, non ? »

Il s'incline.

« Tu as bien fait. »

Cette fois, c'est lui qui s'excuse.

10.

Tristan est malheureux, vraiment malheureux. Il croyait pouvoir tourner la page, mais n'y parvient pas. Amandine occupe toutes ses pensées. Au point qu'il en oublie l'incident de La Baule. Sa demi-sœur l'a rassuré. Il n'ira pas plus loin. En plus, rien ne l'attire en Loire-Atlantique. Il n'y refoutra plus les pieds.

Il en est là, à ressasser sans cesse le souvenir de sa maîtresse, lorsque son portable vibre dans sa poche. Ce n'est pas Amandine, comme il l'a espéré un instant, mais Noémie. Elle a vu qu'il avait essayé de l'appeler à plusieurs reprises et veut savoir ce qui se passe. Tristan raconte l'appel de Nathalie, ses mots bienveillants. Cela aurait dû suffire à calmer sa belle-sœur, mais elle demande : « Qu'est-ce qu'on fait ?

— Rien, que veux-tu qu'on fasse ? »

Comme si elle n'avait pas compris, il l'entend dire qu'il n'est pas question d'abandonner. À nouveau, elle s'en prend à Nathalie :

« Mon pauvre Tristan, tu t'es laissé embobiner une nouvelle fois. »

Il monte le ton.

« Fais à ta guise, je te laisse le dossier. Attaque si tu en as envie. Pour moi c'est une histoire terminée. »

Soudain, elle éclate en sanglots.

« Non, il faut se battre. Même si, chaque fois que nous évoquons Jean-Pierre, cela ravive le souvenir de ton frère. C'est vraiment dur, tu sais. »

Elle s'effondre. Elle répète qu'elle compte sur lui pour sortir de ce merdier. « N'abandonnons pas, supplie-t-elle. Pense à tes nièces… »

Il proteste, sans s'énerver :

« Noémie, je viens de t'expliquer qu'il n'y a pas de problème avec la villa ni avec l'héritage de Jean-Pierre. Le type quittera Hortense dès qu'il aura trouvé un logement. Tu pourras même y aller avec les filles. »

Elle hurle : « Jamais ! » et raccroche. Il la rappelle aussitôt. Leur conversation ne peut pas se terminer ainsi. Évidemment, elle ne décroche pas. Amandine elle non plus ne répond pas à ses nombreux appels…

Il est malheureux et se sent seul.

PARTIE 5

1.

« Je dois être une psychopathe ! » se dit-elle, le visage inondé de pluie, la bouche ouverte pour en recueillir quelques gouttes.

Elle adore la pluie londonienne, fine, si insistante qu'elle vous imprègne jusqu'à l'os. Elle aime surtout le smog, qui plonge la capitale anglaise dans une opacité impénétrable et un peu effrayante. C'est son plaisir ultime, et c'est encore mieux lorsque, comme ce soir, la bruine accompagne ce brouillard.

Elle s'y promène au hasard durant des heures entières, parfois au-delà de minuit, croisant des fantômes qui s'évaporent aussitôt. Parfois Judith l'accompagne, partageant silencieusement cette marche que toutes deux trouvent à la fois si troublante et tellement agréable. Comme disait Jean-Pierre, « les chiens ne font pas des chats ».

Nathalie a beaucoup voyagé ces dernières semaines. Souvent à Paris, en évitant soigneusement les Delaporte. À ses yeux, Londres est et restera la plus belle ville du monde. Elles s'y sont réinstallées depuis maintenant six mois.

Ici, elles se sentent bien et pas seulement à cause du smog qui monte doucement, comme ce soir. Nathalie aime tout, les Anglais d'abord, leur distinction et même leur porridge !

Judith a repris sa vie d'avant et elle est retournée à l'université.

Dans une heure maximum, le smog aura envahi le quartier, rendant les promeneurs invisibles, et elle continuera de s'y perdre seule. « Perdre », le mot n'est pas juste, car son instinct la ramène toujours chez elle.

Judith passe la soirée chez une copine de sa fac d'économie, un domaine où elle excelle comme son défunt grand-père. Nathalie a feint de la croire, persuadée qu'il y a un homme derrière ces rendez-vous nocturnes. Il serait temps qu'elle lui présente un amoureux. Quand elle le réclame à sa fille, Judith répond que, contrairement à elle, elle cherche toujours le grand amour.

Nathalie s'est éloignée de quelques kilomètres de son ancien logement de Bayswater. Elles vivent désormais dans le quartier de Mayfair, où elle loue un appartement de cent mètres carrés avec une petite terrasse. Elle n'a pas discuté le prix d'un seul penny de peur que le lieu ne lui échappe. Tout a été pensé par l'un des meilleurs décorateurs de Londres, de la cuisine parfaitement équipée aux trois chambres, dont une d'amis que personne n'occupe, sauf Robert quand il vient à la capitale, souvent sans s'annoncer, ni même qu'elle le sache. Nathalie aime dormir seule, elle ne veut pas s'encombrer d'un homme dans son lit.

Bien qu'il y ait des vols directs entre Nantes et Gatwick, Nathalie n'est jamais revenue en Loire-Atlantique. Pas seulement par prudence, mais parce que ce coin ne lui plaît plus du tout. Les mois passés là-bas l'en ont dégoûtée. La cité balnéaire sonne creux l'hiver, et elle est bondée dès le printemps. Et surtout, elle y a laissé tellement de souvenirs « difficiles et douloureux ». Ce sont les mots qu'elle répète à Judith pour expliquer pourquoi elle n'y va pas. En revanche, sa fille y retourne parfois. Elle dit même qu'elle y vivrait avec plaisir.

Il est 22 heures. À peine a-t-elle parcouru une centaine de mètres qu'elle tremble de plaisir sous l'effet de la froide humidité. Elle a le sentiment de renaître. Une voiture la frôle, elle l'entend plus qu'elle ne la voit tant le brouillard est dense.

Elle prend à gauche, puis à droite, avançant au hasard d'un pas tranquille dans cette ambiance ouatée. Mais avec la certitude qu'elle retrouvera son chemin. Elle ne s'est jamais égarée dans ce dédale à l'éclairage blafard où elle ne croise personne, sauf parfois une silhouette qui surgit au dernier moment et l'évite sans un mot. Tout est silence et solitude, elle s'y sent bien. Peu importe le nom des rues, impossible à déchiffrer car il faudrait qu'elle s'approche à quelques centimètres pour le lire.

Derrière elle, elle entend venir quelqu'un, elle s'écarte, s'appuyant sur le mur. Les pas cessent aussitôt. Elle s'applique à écouter, tentant de percer le smog. Rien, personne. Sans doute s'est-elle trompée ? Elle repart, sans entendre aucun bruit derrière elle. Ce n'est que lorsqu'elle vire sur la droite, reconnaissant l'avenue, qu'elle les entend de nouveau, tout proches, à moins de dix mètres. Ce sont forcément les mêmes.

Quand elle stoppe brutalement, ils cessent. Il en faudrait plus pour l'effrayer. Elle décide d'aller à leur rencontre. Elle avance dans le silence, mais ne croise personne. Elle abandonne sa recherche et poursuit son chemin sans qu'aucun bruit de pas survienne. Une fois chez elle, les lumières éteintes, elle se dirige aussitôt dans la chambre d'amis qui donne sur la rue. Mais le smog est trop épais pour qu'elle aperçoive quoi que ce soit. Elle hausse les épaules en se débarrassant de ses vêtements trempés et elle fonce vers une douche glacée comme elle aime en prendre quand la tension est trop forte.

Soudain, la porte d'entrée claque. Elle se drape d'une serviette, éteint la lumière, saisit une paire de ciseaux, la seule arme disponible à côté du lavabo. L'appartement est plongé dans le noir. Elle allume le couloir en criant : « Qui est là ? »

Elle s'est affolée pour rien. Judith vient de rentrer plus tôt que prévu… Elle sourit à sa terreur stupide : ce foutu brouillard londonien n'existe-t-il pas pour le seul plaisir de se faire peur ? Elle revient à la fenêtre, et jette un œil sur la rue envahie de brouillard.

C'est là que Judith la surprend.

« Qu'est-ce que tu regardes ? demande la jeune femme.

— Rien de particulier… Le smog…, répond la mère.

— Quand je suis rentrée, j'ai vu la silhouette d'un homme planté devant l'immeuble. J'ai même cru reconnaître Tristan… »

2.

Ainsi c'est dans cet immeuble qu'elle habite, ou se planque, comme, perfidement, le prétend Noémie. Si elle a gardé son prénom, son nom a changé. Elle vit désormais sous l'identité de Nathalie Hopkins. Pourquoi Hopkins ? S'est-elle remariée sans lui en parler ? Impossible. Mais pourquoi alors avoir abandonné Fitzgerald ?

Tristan voit son appartement, au quatrième étage, sous un beau soleil, alors que l'épaisse brume d'hier soir lui a à peine permis d'en deviner les contours. Hier, protégé par l'opacité du brouillard, il était à quelques mètres d'elle seulement quand il l'a vue sortir de l'immeuble puis se volatiliser dans le smog. Par jeu, il a décidé de la suivre au risque qu'elle le surprenne. Il l'a rapidement perdue. Intrigué, il aurait bien aimé savoir où elle allait pour affronter un temps pareil. Il s'est égaré, mais le hasard l'a ramené au pied de l'immeuble de Nathalie. Il lui a semblé deviner sa silhouette derrière les fenêtres du quatrième.

Il n'a pas l'intention de se manifester. Pas ce soir. Il est seulement venu repérer les lieux, voir où elle habite, par pure curiosité. Trop de questions le tourmentent encore. Il n'est pas prêt à les affronter ni à revoir sa sœur. Et surtout, il doit impérativement être à Paris le lendemain en fin d'après-midi.

Il calme son impatience, veut prendre son temps avant de renouer avec Nathalie. Il s'est renseigné : un appartement dans ce quartier coûte plusieurs millions de livres. Il se refuse encore à croire que Nathalie ait pu acheter cet appartement grâce à la fortune de son père.

Hier soir, tandis qu'il regagnait à pied son hôtel, il s'était dit qu'il fallait être un peu tarée pour se promener dans un pareil brouillard et sous cette bruine détestable.

« Cela dit, elle est tarée », s'était-il amusé en repensant à ce que Noémie dit d'elle.

Noémie affirme toujours que Nathalie a trahi les Delaporte et répète que Tristan ne peut rester spectateur de leur défaite. Ses mots sont toujours empreints de tant de colère et de haine qu'il ne peut que défendre sa demi-sœur. Son avocat ainsi que Pelletier, le notaire de Nantes, ont enquêté et, selon leurs conclusions, rien n'indique que la fortune de Jean-Pierre a été détournée à son profit. Ils sont formels : ce qu'il possédait était placé dans l'assurance-vie et, contrairement à ce qu'ils croyaient, l'appartement de la Madeleine ne lui appartenait pas, il était loué.

Quand il lui a dit que son père menait grand train pour expliquer le montant décevant de l'héritage, Noémie l'a coupé aussitôt :

« Ton père avait du fric. Putain, réagis ! » Elle a continué à le pilonner : « Le pognon de ton père est bien passé quelque part. »

Il l'a mise au défi : « Trouve-le, puisque tu es si forte, moi, je n'ai pas de temps à perdre. »

Elle a engagé un geek pour tracer la fortune de Nathalie. Elle l'a fait aux frais de Tristan. Douze mille euros !

Cet escroc a empoché l'argent en liquide, a dit qu'il n'avait rien trouvé et a refusé de rendre quoi que ce soit, sous prétexte qu'il avait « travaillé comme un damné » à la recherche de l'argent « supposé » disparu.

Quand il a reproché à sa belle-sœur de s'être fait avoir, elle s'est insurgée.

« C'était un risque qu'il ne trouve rien. »

Pour elle, cela prouve que Nathalie est encore plus forte qu'elle ne le pensait. « Cet escroc, comme tu le qualifies, est l'un des meilleurs.

— Il n'a rien trouvé ! C'est peut-être aussi parce qu'elle n'a rien détourné.

— Non, l'argent est planqué quelque part. Si mes comptes sont bons, je pense qu'elle a détourné autour de vingt millions d'euros. Peut-être plus, impossible de savoir, les secrets bancaires sont bien gardés pour les escrocs.

— Jean-Pierre n'était pas aussi riche !

— Tu n'as pas confiance en moi ?

— Ça dépend… »

Sa réponse sibylline ne lui a pas plu, car elle est partie autant fâchée que revancharde.

« Je défends l'argent de mes filles. Je le dois à Julien. Évidemment, toi, tu t'en fous ! »

Vexé, il a ironisé avant qu'elle ne claque la porte d'entrée : « Si tu trouves de l'argent, on partage ! Creuse bien ! »

Lui aussi était furieux et son départ précipité l'a soulagé.

Trois semaines plus tard, il a trouvé un mot dans sa boîte aux lettres avec seulement écrit : « N. Hopkins, Binney Street, 37. Noémie. » Rien de plus. « Noémie n'a pas lâché ! » s'est-il dit sans se demander comment elle y était parvenue.

Sa rupture avec Amandine l'a occupé bien plus que l'envie de retrouver Nathalie. Il n'arrive pas à l'oublier. Amandine a changé de numéro de téléphone et elle a déménagé. Selon la gardienne de son immeuble, elle est partie vivre en province : « Mme Tréhan, la proprio, a averti le syndic, et l'appartement est déjà reloué. » À son ancien travail, ils ont refusé de le renseigner.

C'est ainsi, sans un adieu, qu'Amandine est sortie de sa vie, et il a déjà perdu l'espoir qu'elle lui revienne. Amandine l'avait prévenu : « Je ne regarde jamais en arrière. »

Il avait eu le tort de s'en amuser.

3.

Allongé sur le lit de son hôtel, Tristan pense à Nathalie. Il regrette maintenant de ne pas être allé lui parler quand il l'a vue revenir, trempée jusqu'aux os. Il a manqué de volonté à cet instant, sous le prétexte d'un retour impérieux à Paris. Il n'a rien à lui reprocher, a hâte de renouer, mais il n'a pas bougé, surveillant seulement quel étage s'éclairerait. Ce serait le sien. Vu le nombre de pièces allumées d'un coup au quatrième étage, il en a déduit que l'appartement est vaste et que c'est celui de Nathalie.

Comment pourrait-il en vouloir à la femme discrète, réservée, qui a donné tellement d'affection à ce père, son géniteur ? Jusqu'à l'accompagner à la mort…

N'affirmait-elle pas, avec des accents de sincérité touchants, qu'elle ne voulait pas leur créer de problèmes ? « Sinon, avait-elle assuré, je resterai à l'écart et reprendrai ma vie loin des Delaporte. »

Son père, un homme si prudent, ne se serait jamais laissé embobiner par cette femme au point de léser son fils et les filles de Julien. Est-il tombé sous son emprise ? Un peu sans doute, mais quand même pas jusque-là, se convainc Tristan.

Il ne trouve pas le sommeil. Ce n'est pas la seule question à laquelle il n'a pas de réponse. Pourquoi ne donne-t-elle plus de nouvelles, pourquoi son téléphone n'est-il plus attribué, pourquoi cette nouvelle identité ?

La nuit s'écoule, les accusations de Noémie remontent, finissent par prendre le dessus, effaçant ses premières certitudes.

Selon elle, le plan de Nathalie pour les spolier était mûri depuis longtemps. Sa théorie tient ; Tristan fut le premier contacté parce qu'il était le plus naïf de la famille, celui qui refusait de voir le mal partout.

« Elle t'a bien ciblé, s'était-elle moquée. Tu es le maillon faible des Delaporte. Ton frère, lui, ne se serait pas fait avoir. D'ailleurs, dès le début, il ne croyait pas à cette histoire.

— Des doutes, des *a priori*, pas des certitudes, avait-il tenté d'argumenter.

— Malheureusement, s'était-elle désolée sans tenir compte de sa remarque, ton frère est décédé et les choses en sont restées là. » Elle avait poursuivi sur le même ton, implacable : « Tu n'as vu aucun calcul de sa part quand ils se sont installés à La Baule. Bien joué ! c'était pour mieux l'écarter de vous et ne l'avoir que pour elle. »

Elle lui a rappelé cette histoire de détective privé. Noémie pense que Nathalie lui a menti en parlant de soupçon sur un employé. « C'est évident, a-t-elle lâché, Julien enquêtait sur elle ! »

Nathalie est devenue l'obsession quotidienne de Noémie. Elle a commencé à suggérer que Julien n'avait peut-être pas été victime d'un accident de la circulation.

« Fais attention à toi, tu es le prochain sur sa liste ! » avait-elle lancé à son beau-frère, sans rire.

Il n'a pas laissé passer l'attaque, il a traité Noémie de parano et de complotiste. Le lendemain, elle s'est montrée encore plus affirmative : « Cette femme a réduit ton père à un vieillard malade et en fin de vie. Elle l'a tué à petit feu…

— Après mon frère, c'est le tour de mon père ! a-t-il ironisé.

— Oui, Tristan. Fais gaffe ! »

Il a explosé :

« J'en ai plus que marre d'entendre parler de Nathalie. Je ne veux plus que tu prononces le nom de ma sœur.

— Ta demi-sœur, a-t-elle rectifié. Tu es coupable de négligence, Tristan.

— Je suis coupable de quoi ?

— D'avoir laissé ton père mourir.

— Je t'interdis de dire ça ! C'est dégueulasse ! »

Durant leur dernière discussion, elle a traité une nouvelle fois Tristan de « grand naïf ».

« J'oubliais la Villa Hortense ! Tu ne la récupéreras pas. Elle a mis la main dessus, comme sur l'argent de Jean-Pierre. »

Il a faiblement protesté, tandis qu'elle terminait par ce dernier conseil :

« Ne crois jamais cette femme, Tristan. »

Il avale deux Lexomil. C'est le seul moyen non pas de trouver le sommeil, mais de ne plus penser à rien. Ni à Nathalie, ni à Noémie, ni à Amandine. Trois prénoms qui résument sa détresse.

4.

Que fait-il à Londres ? La question la hante.

Comment l'a-t-il retrouvée ? Elle a pourtant interdit à Pelletier de donner à quiconque ses nouvelles coordonnées. Elle a été imprudente, on ne peut même plus faire confiance à un notaire... Peut-être Tristan a-t-il fait appel à un détective privé, comme Julien. Les meilleurs sont capables de trouver une aiguille dans une botte de foin. Robert, qui occupe toujours la maison à La Baule, l'a alertée. Il est certain que des inconnus ont rôdé autour de la villa et se sont renseignés auprès des voisins. Ils auraient demandé si la maison était à vendre.

« Oui, se persuade-t-elle, Tristan s'est payé les services d'un enquêteur. » Un détail lui revient en mémoire. Quelqu'un a demandé aux Walker, les voisins du troisième, qui résidait au quatrième. Tout se tient. Il est après elle !

Elle a changé de nom, déménagé, mais cela n'a servi à rien. Quand Judith l'a vu au pied de son immeuble, elle est descendue pour tout lui expliquer. Mais il avait disparu. Pourquoi la surveillait-il ? Pourquoi n'a-t-il pas sonné ? Pourquoi la suivait-il dans le brouillard ? Pourquoi a-t-il fui ? Que veut-il ? Elle se croyait tranquille, elle sent venir une menace. Comment retrouver une vie paisible quand autant de questions vous hantent ?

Au réveil, elle calme ses inquiétudes. Le brouillard était dense et Judith s'est probablement trompée.

Rassurée après une nuit d'angoisse « stupide », Nathalie découvre un message sur son portable. Robert l'avertit de sa venue. « Je suis dans le train. Pas de retard, arrivée à 10 h 50. Il faut que je te voie ! »

Nathalie est fâchée contre son amant. Elle n'aime pas qu'il prenne des initiatives sans lui en parler. Depuis quelques semaines, elle trouve qu'il prend un peu trop ses aises. C'est à cause de l'éloignement, peut-être. Elle se dit qu'il va falloir qu'elle remette de l'ordre. Elle sourit : « Après tout, il vit dans une superbe villa, et à l'œil, il me doit obéissance ! »

Une fois arrivé, Robert lui explique sa venue par l'envie de voir la femme qu'il aime. Il en a aussi plein le dos de La Baule. Il s'y emmerde en se demandant combien de temps il doit encore tenir le siège. « Mes patients sont chiants, il n'y a que des vieillards qui se plaignent pour un rien. Et quand ils vont crever, je n'aurai plus de clientèle ! plaisante-t-il.

— Ne dis pas des choses aussi horribles…

— Je veux partir de ce trou à rats. Pitié !

— Non, tu dois rester encore un peu, répond-elle sérieusement. Avant, je dois régler tout ce bordel.

— Quel bordel ?

— Celui que fout Tristan. »

Elle informe Robert que Judith l'a vu au pied de l'immeuble hier soir. Sa première réaction est de dire que cela ne l'étonne pas.

« Ton frère fouille. J'ignore quoi, mais il fouille !

— C'est bien ce qui me tracasse. J'ai tourné la page Delaporte, moi, depuis la mort de Jean-Pierre.

— Je peux rester, si tu veux. Médecin et garde du corps, ça me va ! »

Elle rit : « Décidément tu as des idées formidables !

— Judith n'est pas là ? demande-t-il.

— Dans sa chambre.

— Je vais lui dire bonjour. »

Elle le voit disparaître vers le fond de l'appartement. Elle s'étonne : pourquoi la porte s'est-elle refermée derrière lui ?

Quand Robert la rejoint à la cuisine, elle lui tend la bouteille de bordeaux qu'il a prise dans la cave de La Baule.

« Tu es resté bien longtemps dans la chambre de Judith, dit-elle.

— À peine cinq minutes, répond-il.

— Vous aviez des choses à vous dire ! ironise Nathalie.

— Je ne l'avais pas vue depuis longtemps, ment-il.

— De quoi avez-vous avez parlé ? insiste-t-elle.

— Tu as une fille vraiment formidable, poursuit-il sans répondre à la question. Elle est vraiment intelligente.

— Et très jolie… », glisse Nathalie pour voir sa réaction.

Il ne dira rien de plus.

Judith surgit soudain dans la cuisine. Ni l'un ni l'autre ne l'ont entendue approcher.

« Mon docteur préféré ! »

Judith se précipite vers Robert avec un empressement exagéré. Nathalie s'en étonne :

« Tu ne viens pas de le voir ?

— Si, mais je suis tellement contente qu'il soit là ! Tu restes combien de temps à Londres ? »

Il se tourne vers Nathalie.

« Malheureusement, il doit repartir d'urgence en France, intervient-t-elle.

— D'urgence ?

— Je dois rentrer », finit-il par dire.

En observant sa fille, Nathalie se demande si Judith n'écoutait pas leur conversation. Ce serait bien son genre. Un doute l'assaille, mais elle l'écarte aussitôt. Robert ne lui ferait pas ça.

5.

Robert insiste jusqu'à la dernière seconde sur le pas de la porte. Il voudrait rester, profiter de Londres en leur compagnie, au minimum y passer la nuit, mais non… Elle le renvoie en France par le premier Eurostar du soir. « Il ne faut pas traîner », répète-t-elle en l'embrassant.

Il a senti Nathalie stressée, inquiète, elle qui est en toutes circonstances d'un sang-froid impressionnant.

« Sois prudent », dit-elle.

Il ironise : « Face à des vieillards de La Baule ?

— Tu vas garder la villa en attendant que je la mette en location. Une maison pareille, c'est au moins quatre mille euros la semaine, en été. Après, tu reviendras. Ou tu iras où tu voudras. Pour l'instant, j'ai besoin de toi… » Elle sourit : « Bon retour, mon chéri ! »

Pourquoi tant d'empressement à le renvoyer en France ? s'interroge-t-il. À cause de Judith ?

Alors qu'ils se disent au revoir, Judith insiste soudain pour l'accompagner à Saint-Pancras. « On ne va pas le laisser partir tout seul ! lance-t-elle à sa mère.

— Il est assez grand !

— En plus j'ai des courses à faire dans le coin.

— Des courses ?

— Oui, pour la fac, des classeurs qu'on ne trouve que chez Fortnum. »

Nathalie a la désagréable impression que sa fille la nargue quand, ensuite, elle lui réclame cinquante livres.

C'est silencieusement qu'ils traversent Londres en taxi. Ils sont assis face à face. Lui a la tête tournée sur la ville qui défile sous ses yeux, elle est penchée sur son portable. Concentrée, pianotant sans cesse. Il voudrait bien savoir ce qu'elle consulte avec autant d'appétit.

Il la regarde, sent un léger malaise, détourne vite la tête quand elle lève ses yeux vers lui. Il faut qu'il annonce qu'ils sont arrivés à la gare pour qu'elle se lève sans un mot.

Elle rompt le silence la première :

« On se quitte ici, ton train est à l'heure, annonce-t-elle, souriante.

— Pour une fois ! »

Elle désigne la longue file qui se forme aux guichets de la police. Elle examine longuement les voyageurs, puis elle prend Robert dans ses bras. Il se laisse emporter quand elle l'embrasse avec fougue.

« Je peux prendre un train plus tard, il y a plein d'hôtels autour de la gare », propose-t-il.

Il a envie d'elle et il le dit.

« Non, non, il vaut mieux que tu prennes ton Eurostar. »

Il accuse le coup, mais au final, son refus le soulage. Il est préférable qu'il rentre.

« Cette situation ne peut plus durer, lâche-t-il, les yeux plantés dans les siens.

— Quelle situation ? demande-t-elle, ingénue

— Tu le sais bien. Toi, ta mère, moi… Le plus tôt sera le mieux.

— Bonne chance ! » sourit-elle.

Ce n'est qu'une fois installé dans son compartiment qu'il s'interroge sur les derniers mots de Judith. D'ordinaire ne dit-on pas plutôt « bon voyage » à celui que l'on quitte ?

6.

Robert se laisse gagner par la fatigue, il somnole tandis que le train s'approche du tunnel. Il réfléchit au prix qu'il va demander pour la location de la villa. Quatre mille euros la semaine, cela lui semble exorbitant. Avant, Nathalie ne voulait pas en entendre parler. Elle voulait garder Villa Hortense pour elle seule. Pas pour y vivre, surtout pas, mais y passer des week-ends, des vacances. Elle n'est jamais revenue depuis qu'elle a quitté la France, il y a six mois.

Bientôt il sera de retour. « Si je me démerde bien, je vais vite quitter ce coin à la con », se réjouit-il. Il pense aussi à Judith, à son attitude étrange, à ses mots. Pourquoi a-t-elle voulu l'accompagner ? Pourquoi ce revirement soudain alors qu'il était prêt à la suivre à l'hôtel, comme ils l'ont fait si souvent en cachette de Nathalie ? Quel imbécile, se dit-il, d'avoir succombé à ses avances, il y a des mois. Ils ont réussi à le cacher à Nathalie, elle qui est attentive à tout. Mais elle finira par le savoir et il en sera fini de sa relation avec elle. Une idée angoissante lui vient. « Il faut que je prévienne Nathalie ! » Mais il est trop las pour ramasser son portable tombé à ses pieds. Et puis, il y a cette douleur au cœur qu'il ne peut maîtriser, ce souffle court, ce mal de tête.

7.

Robert et Judith n'étaient vraiment pas discrets dans le hall de la gare. Il les a vus s'embrasser comme deux amants qui se quittent, longuement, à pleine bouche, indifférents aux allées et venues autour d'eux. Elle semblait si triste.

Il avait vu juste, ils couchent bien ensemble. Comment peuvent-ils faire ça dans le dos de Nathalie ? Il ne peut en vouloir à Judith, sans doute est-elle amoureuse et malheureuse de trahir sa mère, mais lui, quelle ordure ! Dès son premier appel quand il a appris qu'il s'occupait désormais de Jean-Pierre, il ne l'a pas senti. Un sale type. Mais en couchant avec Judith, il dépasse les bornes. Il entretient un jeu pervers entre la mère et la fille. Tristan est dégoûté.

Quand il lui a semblé que la jeune femme l'avait repéré, il a vivement tourné la tête et s'est réfugié derrière son voisin dans la queue, un type immense.

« J'étais loin, elle n'a pas pu me voir et surtout elle était trop occupée avec son mec », se dit-il.

Il a attendu qu'il passe la douane pour le suivre jusqu'à son wagon. Ce n'était pas le sien, mais comme beaucoup de places étaient libres, il s'y est installé, choisissant le siège le plus éloigné, juste à l'entrée.

Robert Fuget était donc à Londres, et un « mauvais » hasard veut qu'ils rentrent en France par le même train.

Tristan s'est assis dans son wagon sans intention de lui parler. Pour lui dire quoi ? Qu'il a des doutes sur Nathalie ? Qu'il doit libérer au plus tôt la propriété de La Baule ? Qu'il sait qu'il couche avec la mère et la fille ? Ça, ce serait marrant !

Bien calé dans son fauteuil, il l'observe du mieux qu'il peut. Il devine son épaule, son profil gauche penché sur l'allée. Ses yeux sont clos. Sa tête s'affaisse, Tristan en déduit qu'il dort ou du moins qu'il s'abandonne à la fatigue. Il reste encore deux bonnes heures avant la gare du Nord.

Tristan se rappelle les mots de Noémie en quittant La Baule. Elle avait traité Fuget de complice de Nathalie. Elle affirmait que, dans le duo, il était le plus dangereux.

« Se taper les deux femmes, ce mec est vraiment un salaud », pense-t-il.

Il se lève, marche vers les toilettes. Le rapide coup d'œil qu'il pose sur Robert confirme qu'il dort. Au retour, café en main, il s'assoit un instant derrière lui, avant de regagner sa place. Quand ils arrivent à Paris, Robert est toujours assoupi.

Judith n'attend pas d'être rentrée pour parler à sa mère et l'appelle dès qu'elle monte dans le taxi. Elle l'avertit qu'elle a aperçu Tristan à Saint-Pancras et qu'il allait prendre le même train que Robert.

Nathalie ne marque aucune surprise. Comme si elle voulait donner l'impression de maîtriser son inquiétude.

« Donc, c'était bien lui qui était devant l'immeuble.

— Qu'est-ce qu'il est venu faire à Londres ? s'inquiète Judith.

— Nous espionner peut-être, répond sa mère. Va savoir…

— Pourquoi ? Qu'est-ce qu'il veut ? insiste Judith.

— Ça, ma fille, il faudrait le lui demander. Mais chaque chose en son temps.

— C'est vraiment étrange… Ça fout la trouille, non ? s'étonne Judith.

— On verra », conclut sa mère.

Assise dans le canapé en lin de son salon, elle tente de calmer sa nervosité en feuilletant un magazine. Elle se met à trembler d'inquiétude, de peur plus que de rage. Qu'il soit venu à Londres, qu'il connaisse son adresse, sans doute sa nouvelle identité, c'est une chose à laquelle elle s'attendait. Mais qu'il l'ait espionnée et surtout qu'il soit dans le même train que son amant, ce ne peut pas être le hasard. Son demi-frère a une idée en tête et elle n'est pas rassurante. Elle décide d'appeler Robert. Son téléphone sonne dans le vide. Elle se raisonne. L'Eurostar est dans le tunnel et Robert n'est pas du genre à se brancher sur le Wi-Fi. Dehors, le smog commence à tomber sur la ville, et l'idée d'une prochaine balade solitaire dans les rues la soulage un court instant.

Judith montre à sa mère les trois classeurs achetés chez Fortnum. Elle tend un billet de dix livres et quelques pièces.

« Ta monnaie ! Je suis une femme honnête, moi ! » s'amuse-t-elle. Puis elle revient à la charge : « Il est dans le même train que Robert, y a forcément une raison. »

8.

La nouvelle du décès de Robert lui parvient trois jours plus tard. Nathalie traîne seule à l'appartement, en buvant son thé vert à petites gorgées. Elle ne prend rien d'autre le matin. C'est une adepte de la détox et du jeûne intermittent, ce qui faisait marrer Jean-Pierre quand elle s'occupait de lui à La Baule, tandis qu'il engloutissait, du moins quand il était encore en forme, des petits déjeuners copieux.

Elle s'interroge sur son avenir. Reprendre sa place dans la compagnie d'assurances, déménager à nouveau, ou, en solution extrême, quitter ce pays. Elle déteste l'idée que Tristan l'espionne.

Judith est à l'université et il a fallu que sa mère insiste pour qu'elle poursuive ses études. Sinon elle resterait à la maison, à ne rien faire, à part surfer sur son portable. Mais Nathalie veut une fille indépendante et pas une assistée. Il n'est pas question que le magot lui tombe dessus tout cuit.

« Il se mérite, ma fille. Je ne suis pas née avec une cuillère en argent dans la bouche, ne cesse-t-elle de lui répéter, et il faut que tu comprennes que la vie n'est pas un chemin semé de roses. Et tant pis si tu me reproches de t'avoir élevée à la dure. »

Il y a des jours où elle sent que sa fille contient son ressentiment à grand-peine. Mais elle obéit, c'est l'essentiel. À vingt-six ans, vivre chez maman, c'est insensé. À son âge, il y avait longtemps que Nathalie avait déserté la maison familiale.

Depuis que Judith l'a alertée sur la présence de Tristan dans l'Eurostar, elle a tenté de joindre Robert à de nombreuses reprises, en vain. Elle a appelé les voisins de La Baule. La villa était fermée, volets clos. Deux jours sans nouvelles, alors qu'il téléphone quotidiennement, il y avait de quoi s'inquiéter, même paniquer. Se sont-ils parlé dans le train ? Leur dispute aurait-elle mal fini ? Peu probable, Robert l'aurait informée aussitôt.

Alors, pourquoi ce crétin ne répond-il pas ?

Elle prend une douche glacée pour se calmer. Elle n'a pas entendu le téléphone sonner. Elle trouve un message : elle doit contacter au plus tôt le capitaine Cerdan Daniel de la gendarmerie nationale. « Cerdan, comme le boxeur », a-t-il étonnamment précisé en répétant l'urgence de la situation. D'abord, elle repousse l'idée de rappeler tellement elle craint d'apprendre le pire. Elle ne le fait qu'au troisième message, beaucoup plus explicite : « M. Robert Fuget est décédé et nous cherchons à prendre contact avec ses proches. » Il leur a fallu deux jours pour trouver Nathalie. « Le décédé » n'avait qu'une adresse en Loire-Atlantique qui ne répondait pas. Ils sont remontés jusqu'à elle par l'usufruit au nom de Delaporte-Fitzgerald, prénom Nathalie, et son numéro trouvé sur le portable du « défunt », lui explique Cerdan.

« Robert est un grand ami », sanglote-t-elle. Elle raccroche, poussée par un réflexe mal contrôlé, comme si elle ne voulait pas en apprendre davantage.

Ce n'est qu'une heure plus tard qu'elle rappelle le capitaine.

Robert a été trouvé sans vie sur son siège de l'Eurostar par les employées chargées du ménage. D'abord, elles ont cru qu'il dormait. Elles ont terminé de nettoyer le wagon avant de le réveiller. « À ce moment-là seulement, elles ont prévenu leur supérieur », raconte le capitaine de gendarmerie.

« Non je ne sais pas ce qu'il faisait à Londres », a-t-elle dit à l'officier. Elle ajoute qu'elle lui prêtait la villa de La Baule dont elle avait hérité.

« Fitzgerald, c'est anglais comme nom de famille ? a-t-il demandé. Vous êtes britannique ?

— Par mon mariage. James Fitzgerald était mon mari dont je suis divorcée depuis dix ans, précise-t-elle. Désormais, je vis dans le sud de la France. »

Elle réalise qu'ils ignoraient sa nouvelle identité de Hopkins. Poussée par un excès de prudence, elle a préféré dire qu'elle ne vivait pas en Angleterre.

Cerdan indique enfin que le corps est à la morgue de Paris. Il sera autopsié dans la journée pour déterminer les causes du décès.

« Je suis désolé, madame Fitzgerald. Toutes mes condoléances.

— Je remonte à Paris dès que possible, annonce-t-elle. Et je préviens sa famille.

— Merci, car nous avons du mal à les trouver. Des Fuget, il y en a partout, mais aucun dans son répertoire. »

Incapable de résister au flot d'angoisse qui l'étreint, Nathalie ne pleure pas seulement la perte de son amant, mais aussi d'effroi. Robert est mort alors qu'il voyageait dans le même train que Tristan. Elle n'a jamais cru au hasard, bon ou mauvais... Le gendarme entend ses larmes mais, ne trouvant pas les mots pour la consoler, raccroche un peu trop précipitamment, la laissant perdue dans ses pensées. Que faire ? Fuir Londres ? Dénoncer Tristan ? Se venger ? Car à cet instant elle est certaine que son demi-frère est responsable de la mort de Robert.

Elle se persuade que Tristan n'en a pas fini avec elle. La mort de Robert est plus qu'un avertissement. Et si elle était la suivante ?

9.

Elle est allongée sur son lit, le nez sur son portable depuis une bonne heure quand sa mère frappe à la porte. Nathalie a les yeux humides. Ce n'est pas dans ses habitudes de chialer, se dit la jeune femme.

« Qu'est-ce qu'il y a ? » sursaute-t-elle.

Nathalie reste dans l'entrebâillement de la porte.

« Robert est mort dans le train.

— Robert ? Tu en es sûre ?

— Oui, les flics m'ont prévenue.

— Ce n'est pas possible ! Qu'est-ce qui s'est passé ? » hurle Judith.

Les tentatives maladroites de Nathalie pour consoler sa fille sont vaines. Il faut qu'elle lui ordonne d'arrêter, pour que cessent ses larmes.

« Quand je l'ai quitté devant la gare, il était en pleine forme, affirme Judith. Qu'est-ce qu'il lui est arrivé ? finit-elle par demander après de longues minutes de silence.

— Un brusque arrêt du cœur, d'après les flics… C'est ce qu'a révélé l'autopsie. Je n'en sais pas tellement plus.

— Et tu as attendu tout ce temps avant de l'annoncer ? » s'étonne Judith.

Hier soir elles ont dîné comme d'habitude, silencieusement, sans que Nathalie laisse percer son chagrin.

« Je ne l'ai appris qu'aujourd'hui, ment sa mère. Son corps sera incinéré le plus tôt possible. Je m'en occupe.

— Sa famille le sait ? demande Judith.

— Il n'en avait plus. Seulement de vagues cousins, et je doute qu'ils se déplacent.

— Quand part-on ?

— Tu n'es pas obligée de m'accompagner. Je veux seulement récupérer ses cendres et ensuite je rentre. Un simple aller-retour. »

Judith insiste : « J'avais beaucoup d'affection pour lui. »

Nathalie accepte. Judith l'entend téléphoner. En quelques minutes, Nathalie organise tout. Le lieu, l'heure précise. « Ni fleurs ni couronnes. Aucun avis de décès », indique-t-elle à son interlocuteur.

La jeune femme est intriguée : pourquoi sa mère insiste-t-elle pour que la mort de son amant passe autant inaperçue ?

10.

Elle veut tester sa fille, étudier sa réaction. Elle ne sait quoi, mais elle sent quelque chose de pas tout à fait normal dans son comportement. Ainsi, au dîner, Nathalie évoque la mémoire de Robert, raconte de vieux souvenirs heureux. Elle parle de la tendresse unique tissée entre eux deux. Elle évoque leur complicité, le fait qu'ils n'avaient pas besoin de parler pour se comprendre. Elle en rajoute, guettant Judith : « Je n'ai jamais aimé un homme autant que lui. » Elle se frappe le cœur : « Il est là, à jamais », puis s'effondre en larmes.

Elle sanglote : « Comment vais-je faire sans lui, il était mon soleil et la nuit est tombée. » En entendant ces derniers mots, Judith se retient de rire. Sa mère en fait des tonnes. Elle prend Nathalie dans ses bras : « À moi aussi, il va beaucoup me manquer, pleurniche-t-elle à son tour.

— Heureusement que tu es là, murmure Nathalie. Qu'est-ce que je deviendrais sans ma fille… »

Elle voudrait savoir quels ont été leurs derniers mots à Saint-Pancras.

« Je lui ai souhaité un bon voyage… »

Judith observe sa mère en train de débarrasser. Elle expose sa tristesse, mais elle perçoit surtout sa fébrilité.

Elle d'ordinaire si maîtresse de ses sentiments, ne dévoilant rien ou presque, est agacée par tout et n'importe quoi. Elle est inquiète, à l'affût. Plus tard, Judith la surprend, cachée derrière les rideaux du salon en train d'observer la rue.

À sa question « qu'est-ce que tu regardes ? », elle répond : « Rien du tout, avec ce foutu brouillard, on ne voit rien. Je pense à lui… » Au ton de sa voix, sa fille comprend qu'elle n'a pas aimé qu'elle la surprenne. Nathalie quitte son poste pour se rasseoir dans le salon où elle allume la télé, comme si de rien n'était. Judith s'approche, tente de se blottir contre son corps. Elle la laisse faire, ne la repousse pas comme elle le fait habituellement. Nathalie s'abandonne.

« Maintenant, nous sommes toutes seules », dit Judith.

Sa mère l'interroge soudain : « Pourquoi as-tu tant de mal à m'appeler "maman" ?

— Pardon, maman », répond-elle.

Nathalie se dégage. Elle se sert un verre de whisky qu'elle avale d'un trait. Sans un mot de plus, Judith quitte la pièce pour rejoindre sa chambre. Avant de disparaître, elle se retourne.

Nathalie est revenue à la fenêtre, son verre de nouveau rempli.

Judith demande :

« Tu ne vas pas faire un tour, avec ce brouillard ?

— Non, pas ce soir », répond sèchement sa mère.

« Elle a vraiment peur », en conclut Judith. Elle referme la porte de sa chambre, s'allonge sur son lit. « Le meilleur endroit au monde. » Là, elle pense à lui, cet amant disparu. Celui qui, sans scrupule, couchait avec la mère et la fille. Celui qui disait qu'il l'aimait, qu'il voulait faire sa vie avec elle. Loin de Nathalie. Elle ne l'a jamais cru… Disait-il la même chose à sa mère ?

Elle revoit le moment où ils se sont séparés à Saint-Pancras. Robert n'a pas insisté pour qu'ils aillent à l'hôtel, et c'était mieux ainsi… Elle songe maintenant à son oncle, Tristan. Sa mère le craint. C'est évident. Elle a entendu son trouble quand elle lui a dit qu'il voyageait dans le même train. Tristan, un assassin ? Sa mère le pense. Et pourquoi ? Pour se venger, mais de qui ? De Nathalie ? Elle n'a pourtant rien fait de mal, sourit Judith.

« Ah, ma maman et ses fantasmes ! » Dans la foulée, elle ouvre Telegram sur son ordinateur, synonyme d'une soirée comme elle les aime.

11.

« Quel drôle de mec, ce docteur Fuget. »

C'est ce que se dit Tristan en constatant qu'il n'y a que Nathalie et sa fille ainsi qu'un couple de vieux amis pour la levée du corps de Robert.

Tristan est là non pas par curiosité, ni empathie, mais parce qu'il a choisi ce moment pour renouer avec sa sœur. Il a besoin de comprendre. Pour être certain de ne pas la rater, il a pris soin d'arriver bien en avance, restant seul un long moment dans une salle sans âme sous le regard impavide d'un gardien.

Elle est accompagnée de Judith, toutes deux de noir vêtues, exposant leur tristesse aux employés du crématorium. Elles saluent le couple, évoquent avec eux la mémoire du disparu. Elles les embrassent avant qu'ils ne s'éclipsent rapidement, les laissant seules. Avec Tristan. Il s'approche, armé d'un léger sourire amical, tendre aussi. Ce sourire veut dire qu'il est heureux de les voir et qu'il partage leur douleur. Nathalie n'exprime aucune surprise en le découvrant.

Elle s'avance, le prend dans ses bras et lui souffle : « Merci d'être là, Tristan. »

Elle demande comment il a su pour la cérémonie. Aucun avis n'a été publié.

Il explique qu'il a été averti par le notaire de Nantes qu'elle connaît bien puisque c'est lui qui a réglé l'héritage de leur papa. Chacun joue sa partition. Elle, celle de la femme dévastée, lui celle du demi-frère venu la soutenir dans cette épreuve. Légèrement en retrait, Judith les regarde les yeux humides. Elle n'est plus l'éternelle adolescente qu'il a connue. C'est une vraie jeune femme, belle, élégante, parfaitement maquillée. Judith s'est transformée en quelques mois seulement. Tristan trouve qu'elle a pris de l'assurance.

Judith l'embrasse à son tour.

« J'ai tenu à accompagner maman », murmure-t-elle à l'oreille de son oncle. Elle l'attire à l'écart : « Maman est au plus mal. Elle a tellement perdu en quelques mois, Julien, Jean-Pierre et maintenant son compagnon. »

Il ne peut s'empêcher de penser qu'il était aussi son amant à elle...

Tristan s'approche de Nathalie.

« Je suis là. Tu peux compter sur moi. Ton frère.

— Je le sais, Tristan. Merci... »

Il ne dit pas qu'il a été l'une des dernières personnes à avoir vu Robert vivant. À être resté tout près durant le voyage.

Elles s'assoient devant lui. Il pose sa main sur l'épaule de sa sœur. Nathalie esquisse un signe d'agacement qu'elle maîtrise aussitôt.

La cérémonie ne dure que quelques minutes. Aucun officiant n'est présent, seulement cet employé qui demande si quelqu'un veut prononcer un mot en hommage au défunt. Nathalie fait « non » de la tête. Tristan s'abstient.

Mû par une télécommande, le chariot où repose le cercueil disparaît tout seul derrière un rideau blanc. L'officiant indique avant de se retirer que les cendres seront mises à disposition de la famille dans la soirée, sinon elles seront répandues dans le carré prévu à cet effet, à l'arrière du bâtiment. Judith répond à la place de sa mère muette : « Nous viendrons les récupérer. » Elles doivent savoir où elles les disperseront.

Sur le perron, avant qu'ils se séparent, Nathalie remercie Tristan d'être venu, ajoute qu'elles repartent dès ce soir.

« Où vivez-vous désormais ? demande-t-il benoîtement.

— En Angleterre », répond Nathalie.

C'est Judith qui précise : « Nous vivons à Londres, comme avant.

— Comme avant ?

— Oui, avant que maman ne rencontre Jean-Pierre. »

Il prend la main de sa nièce.

« Il te manque beaucoup à toi aussi ?

— Évidemment, c'était un super grand-père. Je l'aimais tellement.

— Et je crois que lui aussi.

— Papa s'était pris d'affection pour elle », précise Nathalie. Elle sourit : « Encore plus que moi ! »

Tristan soupire.

« Quelle perte… » Théâtralement, il frappe son cœur : « Il est toujours là. Il ne se passe pas un seul jour sans que je pense à Jean-Pierre.

— Moi non plus. Nous étions tellement complices, pleurniche Judith.

— Nous devons y aller, dit Nathalie en embrassant son frère. Merci d'être venu nous soutenir, Tristan. Je ne l'oublierai pas…

— À bientôt, ma très chère sœur ! dit-il. Je l'espère de tout cœur. »

Judith réagit comme si elle saisissait la balle au bond.

« Viens nous voir à Londres, ça nous ferait tellement plaisir à maman et à moi ! » Elle se tourne alors vers sa mère : « Hein, maman ?

— Évidemment, c'est quand tu veux, Tristan. Tu seras toujours le bienvenu ! »

Il répond, ému :

« Merci. Je viendrai, bien sûr. Nous ne pouvons pas nous quitter. Nous avons traversé tellement de tragédies… Il est temps d'être heureux ! »

Comment refuser une offre aussi généreuse ? C'est pour cela qu'il est venu à ce bal des faux culs. Pour lui, c'est gagné.

Il n'a rien dit, mais pourquoi Nathalie était-elle brune désormais ?

12.

« L'enfoiré ! » pense Nathalie tandis qu'elles le regardent monter dans le taxi. Tristan n'a rien laissé paraître, et c'est ce qui l'inquiète le plus. Judith explique à sa mère qu'elle a invité Tristan à Londres sur un coup de tête.

« Tu ne m'en veux pas ? dit-elle, contrite.

— Tu as bien fait. J'allais le lui proposer », la rassure sa mère.

Judith sait que sa mère ment, qu'elle ne veut plus voir son frère, qu'elle le craint. Peu importe, elle est satisfaite.

Nathalie sourit de contentement.

« Je l'aurai sous la main, comme ton grand-père. Je saurai bien m'occuper de lui quand nous le recevrons. »

Nathalie entraîne sa fille dans les allées du crématorium. Elles marchent sans échanger un mot. Elle a besoin d'évacuer la tension retenue pendant la courte cérémonie. Elle a réussi à contenir sa rage et sa peur en découvrant Tristan. Elle a résisté à l'envie de lui demander de partir, de lui dire que sa place n'était pas ici. De quel droit s'imposait-il, lui le coupable ?

Elle s'est fait violence pour ne pas le traiter d'assassin.

Et il a eu le toupet de venir. Nathalie prend cela comme une provocation. Elle a fait bonne figure, acceptant ses condoléances. Elle sent encore la pression de sa main apaisante sur son épaule, son baiser appuyé quand ils se sont séparés sur le perron du crématorium. Et dire que Judith l'a invité à Londres. Quelle gourde. Elle ne l'a quand même pas fait exprès pour l'embêter ?

Maintenant, la peur la gagne sans qu'elle parvienne à la repousser. Tout se bouscule. Elle ne se sent pas en sécurité, ici, dans le fief de son adversaire. Nathalie n'a qu'une envie, c'est de rentrer dans son cocon londonien. Une fois au calme, elle avisera. Il est venu la défier. Il triomphait. Ça ne peut plus durer…

13.

Elles sont revenues à Londres depuis plus d'un mois avec les cendres de Robert dans leurs bagages. En apparence, leur vie a repris comme avant. Quand Judith n'est pas à l'université, elle pianote sur son portable au grand désespoir de sa mère qui résiste à l'envie de le lui enlever comme elle l'a fait avec Jean-Pierre. Mais ce n'est plus une ado, et Nathalie n'ose plus rien lui dire.

Elle traîne à l'appartement sans, pour l'instant, reprendre son travail. Elle s'ennuie, n'a le cœur à rien. Tristan ne s'est toujours pas manifesté. Son silence l'inquiète plus qu'il ne la rassure. Quel sale coup prépare-t-il ? Elle se sent démunie, elle préférerait l'affronter face à face. Savoir ce qu'il a dans le ventre. Tous les soirs, elle surveille par la fenêtre les alentours de l'appartement dans l'espoir de le débusquer. En vain. Ce qui ne veut pas dire qu'il n'est pas là, caché quelque part, à la surveiller. Un jour, elle a appelé le salon de coiffure. On lui a répondu qu'il était en déplacement.

Elle quitte rarement l'appartement, et quand elle doit sortir, elle le fait la boule au ventre. Plus question d'aller se promener dans le brouillard, c'est trop dangereux. Le smog, elle l'observe maintenant depuis l'intérieur. Cette vie aux aguets permanents ne peut durer, elle va prendre les décisions qui s'imposent. Elle se persuade qu'elle n'est pas paranoïaque et que le danger rôde vraiment.

L'urne qui renferme le peu qui reste de Robert est à la cave, avec les bouteilles de grands crus qu'elle avait récupérées dans la villa. Tant qu'elle n'a pas trouvé comment se débarrasser des cendres, elles y resteront. Judith a quelques idées, comme de les jeter dans la Tamise depuis le Tower Bridge. Elle affirme qu'elles iront ainsi rejoindre la mer, évoquant à quel point Robert aimait l'océan et se plaisait à La Baule.

Elle le fait exprès ? se demande Nathalie. Car elle ne peut ignorer que Robert se plaignait d'être obligé d'y rester. Sa fille l'intrigue. Elle se surprend, parfois, à être mal à l'aise en sa compagnie, et cela au moment où elle a vraiment besoin d'un soutien. Elle la surveille, fouille dans ses affaires, son téléphone. « Sur qui puis-je compter désormais, maintenant que mon amant n'est plus là ? » s'interroge-t-elle. Elle est usée, après quatre années concentrées sur les Delaporte.

Elle voudrait se laisser un peu vivre, sortir, profiter. Elle a bien essayé, jusqu'à « s'offrir un nouvel amant ». Ce qui ne lui est pas arrivé depuis longtemps, tellement le sexe n'était plus dans ses priorités. Un riche Indien l'a comblée quelque temps, mais elle l'a « renvoyé » sans explications…

Et puis, il y a Tristan. Ce frère l'obsède. Impossible d'échapper à son emprise. Elle ne voit qu'une seule solution : s'en délivrer.

Il est 23 heures. Dehors, il pleut, la température de l'appartement a baissé. Le mois d'avril est glacial cette année à Londres. Le smog monte tous les soirs, rendant la capitale comme prisonnière du coton. Pourtant, Nathalie qui apprécie tant cette ville s'apprête à la quitter. Elle ne sait encore pour aller où, mais ce sera loin, très loin. Elle n'en peut plus d'avoir peur constamment. De tressaillir au moindre bruit suspect. De se méfier d'un inconnu qui la fixe avec trop d'insistance. De se retourner sans cesse quand elle marche. De faire bien attention en traversant la rue. L'autre jour, elle s'est surprise à vérifier qu'une bombe n'était pas posée sous sa voiture ! Marre d'être en apesanteur quand elle tourne la clef pour démarrer. Elle a renforcé le système de sécurité de l'appartement, fait installer une caméra sur le palier et une porte blindée. Dormir, surtout dormir, elle voudrait tant avoir de belles nuits comme avant. Et surtout, elle ne peut plus compter sur Robert.

À souffrir ainsi, elle s'est convaincue qu'elle doit disparaître. Loin, loin, loin… Tant pis si elle laisse derrière elle un boulot, et plein de souvenirs. C'est décidé, elle partira sans sa fille. Judith ne veut pas quitter Londres, elle n'a pas insisté. Qu'elle reste ! Loin, elle n'aura plus à se méfier de quiconque, à scruter les moindres gestes de Judith, à fouiller dans son intimité. Elle est même allée jusqu'à la suivre pour vérifier qu'elle se rendait bien chez son amie Katerine. Elle s'éloignera sans laisser d'adresse. À personne, même pas à sa fille. Elle ne lui a pas dit qu'elle avait rendu l'appartement à l'agence de location et elle s'arrange pour que les visites aient lieu quand elle est absente.

Une nouvelle fois, la dixième peut-être depuis qu'elle est levée, elle va à la fenêtre, puis écarte les rideaux. La rue est déserte. C'est suspect. Elle recule de peur qu'on l'aperçoive d'en bas.

Son portable, mis sur silencieux pour ne pas trahir sa présence, vibre dans sa poche. Le nom de Tristan s'affiche. Elle ne doit pas répondre. Le clavier s'éclaire de nouveau. Tristan lui a laissé un texto. Il annonce qu'il vient en Angleterre la semaine suivante, il va ouvrir un salon dans le quartier huppé de Bayswater. Il se vante : « Ce sera ma douzième franchise dans le monde ! J'en profiterai pour vous voir, surtout ma délicieuse nièce, cela me ferait tellement plaisir. Je ne veux pas perdre le contact avec vous deux. Vous êtes plus que ma seconde famille. »

Elle frissonne. Son exaspération monte. Quel faux cul ! Pas question de le voir, qu'il aille se faire foutre. Elle réalise soudain qu'il sait probablement qu'elle a lu son message. Foutu accusé de réception. Elle se calme, se force à respirer. Le mieux serait de fuir Londres tout de suite.

L'écran s'éclaire de nouveau : « Oh, oh, ma chère Nathalie, tu es là ? » Elle réfléchit un instant avant de se lancer. Son regard est maintenant noir, déterminé. Elle tape : « Judith et moi sommes impatientes de te revoir, mon très cher frère, et surtout viens dîner lors de ton prochain voyage dans notre beau Londres. »

Quitte à être faux cul autant que ce soit plus que lui !

Un léger sourire s'inscrit sur son visage. Soudain elle enrage. Tristan pousse l'hypocrisie jusqu'à lui demander son adresse… Comme s'il ne la connaissait pas.

14.

Après des semaines de renoncements, Tristan s'est enfin décidé à aller à Londres. L'épisode au crématorium a réveillé ses interrogations. Tout ce cirque sonnait tellement faux. Pourquoi n'y avait-il que quatre personnes à cette cérémonie ? Fuget n'avait-il pas de famille, des amis, des confrères ? Le médecin qui a soigné son père est parti comme s'il n'avait jamais existé.

Informée, Noémie s'est de nouveau déchaînée. Elle a accusé Nathalie du pire.

« Cette femme est un monstre. Après Jean-Pierre et Julien, elle a assassiné son amant !

— L'autopsie indique une mort naturelle, a-t-il répondu.

— Une autopsie bâclée ! En le faisant incinérer, elle empêche toute nouvelle autopsie en cas d'enquête. Comme avec Jean-Pierre !

— C'est lui qui voulait être incinéré », a-t-il répliqué sans que cela la trouble

Elle a craché sa haine. Ce n'était plus à une voleuse d'héritage qu'ils avaient à faire, mais à une psychopathe. Elle a hurlé :

« Ta demi-sœur est une tueuse en série, et le prochain, c'est toi !

— Si elle nous a trahis, comme tu le penses, je le lui ferai payer. Crois-moi, je ne laisserai rien passer. Nous porterons plainte. »

Il a fallu qu'il se fâche pour qu'elle n'appelle pas la police sur-le-champ.

« Fais pas ça...Tu seras ridicule...

— Le ridicule ne tue pas, lui ! » a-t-elle répliqué.

Il y avait du dégoût dans le regard qu'elle posait sur lui. Il s'est senti tellement lâche qu'il s'est tu et qu'il est parti. Il ne lui a pas dit qu'il avait pris la décision d'aller à Londres.

Dans l'Eurostar il a eu tout le temps pour réfléchir à ces dernières années, depuis l'apparition de cette sœur miraculeuse. La liste des personnes disparues est longue. Julien a été renversé par un chauffard jamais arrêté, Jean-Pierre est mort à petit feu, Robert emporté par un infarctus, et il se rappelle aussi la mort de ce détective privé engagé par son frère.

Si Nathalie était vraiment coupable de quelque chose, tout serait la faute de Tristan. C'est lui qui l'a introduite dans la famille, lui encore qui l'a laissée s'occuper seule de Jean-Pierre. L'idée lui est insupportable. Il la repousse.

Il revoit le visage de Nathalie plein de bonté et d'affection penché sur Jean-Pierre. Elle a sacrifié par amour sa propre vie et sa liberté. Il s'est rappelé son infinie tristesse quand Jean-Pierre est mort. Impossible d'être comédienne à ce point et aussi longtemps.

C'est déprimé, en proie à ses interrogations qu'il arrive à Londres. Ils ont rendez-vous le lendemain soir. « Je saurai », se convainc-t-il. En descendant du train, il est déterminé : s'il trouve la preuve qu'elle les a trahis, il vengera les Delaporte.

15.

L'ambiance est chaleureuse, conviviale. Ce moment pourrait ressembler aux retrouvailles d'une famille longtemps éloignée. À peine a-t-il franchi la porte de son appartement que Nathalie le prend dans ses bras. « Enfin, te voilà ! » Il ne peut résister à cette étreinte et se laisse entraîner dans ce torrent d'affection. Elle tremble un peu, il la rassure. Puis elle murmure qu'elle est « tellement heureuse » qu'il ait accepté son invitation. Elle dit aussi qu'elle a beaucoup apprécié de le revoir à Paris, même si les circonstances étaient « si tristes ». Elle le fixe, le regard perdu : « Si tu ne t'étais pas manifesté, je ne sais pas si je t'aurais contacté… » Elle lui saisit la main et la serre fort. « Merci d'être là. »

À son tour, il exprime son émotion.

« Nous ne pouvions pas continuer sans nous revoir… »

Elle souhaite tourner la page de ces derniers mois si douloureux.

Il s'étonne en l'examinant :

« Tu es brune, maintenant !

— Une lubie… J'avais envie de changer de tête ! Ma nouvelle couleur plaît au coiffeur pour dames ? »

Il ment : « Oui, oui… Ça te change… » Il remonte sa frange : « Là, je te reconnais ! »

Elle s'excuse, comme elle l'a fait au crématorium, de l'avoir laissé sans nouvelles pendant des semaines.

« Depuis que nous avons perdu papa et maintenant que Robert nous a quittés, je n'ai la tête à rien. Je suis déboussolée. »

Tristan se force à la croire quand elle affirme qu'il est sa seule famille.

« Avec Judith et ma mère, bien sûr, se reprend-elle.

— Tu oublies Noémie et ses filles !

— Ah, oui, mais où ai-je la tête ? »

Elle évoque La Baule. Elle est contente qu'il puisse profiter de la villa de son enfance. « Elle est à toi et tu y vas quand tu veux. Cette histoire d'usufruit, c'était n'importe quoi ! »

Judith les surprend en pleines effusions.

« Tristan ! Mon oncle est là ! s'exclame-t-elle. Merci d'avoir accepté mon invitation… » Elle se reprend en désignant Judith : « *Notre* invitation ! »

Nathalie s'écarte, pour qu'il accueille sa nièce dans ses bras. Les sens toujours aux aguets.

Pour recevoir celui qu'elle qualifie de « frère adoré », Nathalie a bien fait les choses, avec la complicité de sa femme de ménage, « une Philippine hors pair », affirme-t-elle. Elle ne sait pas ce qu'elle ferait sans cette « perle » qu'elle a pourtant libérée pour la soirée.

« Entre nous, pas de chichis ! » dit-elle.

Dans un subtil mélange de cuisine asiatique et européenne, elle sert un apéritif dînatoire suffisamment copieux et délicieux pour qu'il annule la réservation faite au restaurant réputé du Connaught.

« La prochaine fois ! dit-elle. Mais on est tellement mieux à la maison, non ? »

« S'il y a une prochaine fois », pense Tristan alors qu'il reste sur sa réserve. Il y a de quoi s'interroger sur ces sursauts d'affection après des semaines de silence. Il garde en tête les mots de Noémie, lui rappelant qu'il est le prochain sur la liste. Et si elle tentait de l'empoisonner comme Jean-Pierre ? Il attend qu'elles se servent les premières. Il choisit un amuse-bouche dans le plat, déclinant celui que Nathalie lui tend.

« Ils sont vraiment délicieux, dit-il.

— Ma Philippine est une perle ! répète Nathalie.

— Il faudra que tu me la prêtes pour le cocktail d'inauguration de mon futur salon.

— Avec plaisir !

— Tu nous inviteras ? demande Judith, le regard espiègle.

— Bien sûr, la famille d'abord ! »

Judith se charge du service. Elle virevolte de la cuisine au salon. Cette nièce enjouée, comme à son habitude, est la plus bavarde, la plus curieuse aussi. Elle veut savoir où il va ouvrir son futur salon à Londres.

« Tu me feras des prix ?

— Toujours pour la famille ! » Il s'exclame soudain : « Tu n'as pas gardé le chien de Jean-Pierre ? »

Il doit se satisfaire de la réponse de Nathalie : « Si bien sûr, mais en ce moment il est en pension chez des amis. »

« Pauvre bête qui dépérit dans un chenil de la SPA... », songe-t-il.

Lorsque Tristan et Nathalie sont seuls, le silence s'impose. Comme si tout était déjà dit entre eux. Qui attaquera le premier ? Car trop de questions restent en suspens dans leurs têtes.

« Ce soir ou jamais », pense Tristan.

« Comment percer son armure ? » se demande Nathalie.

Il rompt le silence, parle de la fin de Jean-Pierre.

« Il est mort bizarrement, tu ne trouves pas ? Si vite…

— Ne remue pas le couteau dans la plaie, s'il te plaît, je n'ai toujours pas fait mon deuil de notre papa. »

Pour couper court, elle évoque le chauffard qui a renversé Julien.

« Les flics sont des incapables, se fâche-t-elle. Il ne doit pas être bien difficile à trouver.

— Ils ont laissé tomber.

— La connaissant, ce doit être très dur pour Noémie. Et comment se porte-t-elle ?

— Disons qu'elle a toujours du mal à s'en remettre…

— J'irai la voir quand je viendrai à Paris. J'aime beaucoup Noémie et nous nous entendions très bien. »

« Si elle savait ce qu'elle dit sur elle, elle ne serait pas déçue », pense Tristan.

C'est elle encore qui parle de Robert, comme si elle voulait précéder les questions de Tristan.

« Ça lui pendait au nez, une fin pareille. Il avait des problèmes au cœur et menait une vie de patachon. Tout mon contraire.

— Les extrêmes s'attirent…

— Je ne me souviens plus si tu l'avais rencontré ?

— Bien sûr, aux funérailles de Jean-Pierre… »

Curieusement, se dit-elle, il ne fait pas allusion à l'épisode de La Baule. Il interroge Nathalie sur ses projets.

« Il faut que je bosse… Je vais reprendre mon job dans mon cabinet d'assurances. »

Elle parcourt l'appartement du regard, d'un air de dire : nous avons un train de vie et je ne veux pas le perdre.

Il attend que Judith quitte de nouveau la pièce pour glisser :

« J'ai une question un peu délicate, Nathalie. Je peux ?

— Bien sûr, entre frère et sœur, il n'y a pas de secrets !

— Pourquoi tu t'appelles Hopkins ? »

Elle ne montre aucune gêne :

« C'est le nom de mon premier mari. Nous avons vite divorcé. Fitzgerald, c'est celui du second, le père de Judith. » Elle esquisse un vague sourire : « Avec les deux, nous nous sommes séparés en mauvais termes. Je suis mal tombée… »

Il masque son étonnement, il ignorait qu'elle avait été mariée deux fois.

« Parfois je me demande si je ne suis pas faite pour le malheur, si on regarde ces divorces, et tout ce qui s'est passé ces dernières années…

— Chacun a sa part de bonheur et de malheur, répond-il, embarrassé.

— Moi, je penche du mauvais côté du bonheur… », souffle-t-elle.

Judith revient.

« Tu as ta fille, dit-il. Côté bonheur !

— Heureusement ; sans elle, je ne sais ce que je serais devenue. Elle est plus forte que moi, dit-elle, en posant un baiser sur la main que Judith laisse traîner sur la table. C'est mon roc ! »

Tristan complimente encore Nathalie pour la qualité des plats, puis il demande où sont les toilettes. « Viens », elle se lève pour l'y conduire. La salle de bains est de l'autre côté du couloir. Il tire la porte pour se laver les mains et s'asperger le visage. Quand il sort, Nathalie l'attend, une serviette à la main. Il garde, caché dans sa poche, ce qu'il voulait récupérer.

16.

De retour au salon, Nathalie le laisse ouvrir la bouteille de champagne qu'il a apportée.

« Du Dom Pérignon ! s'exclame-t-elle. Tu nous gâtes !

— Quand on aime, on ne compte pas », répond-il avec un large sourire.

Il l'interroge sur ses finances, veut savoir si elle s'en sort, et aussi comment elle tenait quand elle s'occupait de Jean-Pierre.

« Ce ne fut pas un problème, notre père était ma priorité, et j'étais si heureuse avec lui que je ne me préoccupais pas de l'avenir ni de l'argent. » Elle avoue : « Notre père m'aidait. C'était un homme si généreux. »

« Généreux, jusqu'à nous spolier de son héritage ? » se demande-t-il.

Il tente : « En toute franchise, je pensais qu'il laisserait plus d'argent à ses petites-filles, les filles de Julien. »

Elle ne s'offusque pas, contrairement à ce à quoi il s'attendait.

« Moi aussi, j'ai été surprise quand j'ai appris que ses seules économies étaient dans son assurance-vie. Papa était tellement dépensier. »

Tristan est décidé à ne pas lâcher.

« Dépensier, c'est peu de le dire ! Mais je me demande où est passé tout son argent ! Pas toi ?

— Tu sais, moi... l'argent n'a jamais été ma préoccupation. Ce qu'il y a sur son assurance me suffit amplement. Judith et moi, nous n'avons pas un train de vie de princesses ! »

Il est décidé à continuer sur ce terrain quand Judith revient avec une assiette de samoussas. Pourquoi, s'interroge Nathalie, a-t-il évoqué l'argent de Jean-Pierre ? Pour la piéger ?

Tristan voudrait reparler de son père, mais Judith s'incruste dans la conversation. Alors ils parlent de tout et de rien, se surprennent à rire. Petit à petit, Tristan baisse la garde. Et si Nathalie n'était pas le monstre décrit par Noémie ?

Tout au long de la soirée, il n'a pas pris sa sœur en défaut. Elle se révèle si touchante, tellement attentionnée, qu'il s'en veut de l'avoir tenue pour responsable de tout. C'est dommage que Noémie ne soit pas là pour prendre conscience de son erreur.

« La prochaine fois, je viendrai avec Noémie et les filles », annonce-t-il, provoquant un « super ! » de Judith.

17.

Quand Tristan part, il est plus de minuit. Il annonce qu'il reviendra bientôt à Londres pour finaliser l'installation de son nouveau salon.

« Et cette fois, nous irons dîner au Connaught, où la cuisine est fameuse.

— Et très chère ! souligne Nathalie avec un immense sourire.

— Quand on aime, on ne compte pas.

— Tu l'as déjà dit », s'amuse-t-elle.

Nathalie reste mesurée dans les effusions mais c'est après d'interminables embrassades avec Judith qu'il les quitte enfin avec, de nouveau, la promesse de se revoir rapidement. Il rejoint son hôtel à pied, à seulement quelques rues de chez elles, tandis qu'un épais brouillard tombe sur la ville.

Il finit par s'égarer dans les ruelles.

Soudain, il entend des pas furtifs juste derrière lui. On le suit. Paniqué, il se met à courir au hasard, fuyant cette présence inquiétante, se perdant dans ce quartier qu'il connaît peu. Quand, en nage et essoufflé, il aperçoit enfin le portier du Connaught, il s'engouffre dans l'hôtel. Tel un boomerang qu'il ne voyait pas venir, le doute s'empare de nouveau de lui. Et si Noémie avait raison à propos de Nathalie ? Et si cette soirée tellement parfaite n'avait été qu'un leurre ?

Sa surprise est telle qu'il ne peut masquer son étonnement lorsqu'il aperçoit Judith qui l'attend dans le lobby.

Elle vient vers lui, toute souriante. Elle tient sa paire de lunettes de lecture.

« Tu les as oubliées.

— Il ne fallait pas venir... »

Il ne se souvient pas d'avoir sorti ses lunettes. Mais si elle le dit... Elle l'embrasse avec enthousiasme.

« Bonne nuit, Tristan ! »

Il la regarde disparaître dans le brouillard. C'est elle la perle de la famille !

À peine allongé, l'angoisse l'étreint, encore plus puissante. Il repense à cette soirée qui lui laisse un goût amer. De mauvais relents remontent, tout était trop parfait et résonnait faux. Il n'en faut pas plus pour qu'il se convainque que Nathalie l'a piégé. Un détail l'interroge : pourquoi est-elle brune avec cette frange qui lui mange le visage ? Pour changer de vie, disparaître à jamais ? Avec l'argent des Delaporte ?

Il se persuade qu'elle a envoyé Judith avec ses lunettes qu'il est certain de n'avoir pas sorties pour vérifier qu'il résidait à l'hôtel. Il sent le danger, ne veut pas finir comme son frère. Quelqu'un le suivait tout à l'heure dans le brouillard, il en est sûr.

Il range quelques affaires dans son sac, puis sort discrètement. Il indique au taxi un hôtel de Soho, vérifiant pendant le trajet qu'aucune voiture ne le suit. Dans le taxi, enfin rassuré, il songe à Jean-Pierre qui lui aussi a été piégé. Soudain, alors qu'il n'y a jamais pensé jusqu'à présent, il se souvient du message que son père lui a laissé quelques jours avant sa mort et qu'il avait négligé d'écouter. Il s'empresse de fouiller dans son téléphone.

Il le trouve, c'est bien le dernier de Jean-Pierre.

« J'ai peur, Tristan. Viens vite me chercher. Je t'en supplie. Vite, vite ! »

18.

Pour quelqu'un qui pense qu'elle a assassiné son père, elle a trouvé Tristan bien gentil. Trop, bien sûr. Mais qui a pu lui mettre une idée pareille en tête ? Une criminelle, elle ? Voyons !

Nathalie est entrée dans son jeu. Quand il le faut, elle sait se montrer gentille. Elle s'est obligée à ne rien dévoiler. Ni qu'elle savait qu'il la soupçonnait, ni ses angoisses. Ce soir, chacun a joué son rôle en se méfiant de l'autre. Elle a offert le visage de la femme malheureuse de la perte d'un père, d'un frère et d'un amant. Elle fut celle sur qui le sort s'acharnait, alors qu'elle n'aspirait qu'au bonheur dans cette nouvelle famille qu'elle aimait tant. Elle s'est surpassée quand elle a versé quelques larmes au souvenir de Julien renversé par un « salaud de chauffard jamais arrêté ».

Heureusement, a-t-elle proclamé, il lui reste son frère, son dernier lien avec les Delaporte. « Ma lueur dans ces ténèbres », a-t-elle osé dire. Qu'elle le craint, désormais, c'est une évidence. D'expérience, elle sait qu'avec ce genre d'individus il faut s'attendre à tout. Ils semblent inoffensifs, mais en réalité ils sont imprévisibles, donc dangereux. Elle réfléchit aux moyens de lui échapper. La fuite s'impose d'entrée, mais, il finira par la retrouver. Il a réussi une première fois, pourquoi pas deux. Il dispose de suffisamment de moyens financiers pour ça. Et là, il sera impossible de lui échapper. Devra-t-elle aborder le sujet et le convaincre qu'elle n'est pour rien dans le décès de Jean-Pierre ? Posant cartes sur table et le regardant les yeux dans les yeux ? Il ne la croira pas, se persuade-t-elle. Comment lui faire admettre qu'elle n'a fait que s'occuper d'un vieillard en fin de vie, au point de sacrifier la sienne ? Elle ne saura jamais ce qui s'est passé précisément dans le train, ni comment il s'y est pris pour éliminer Robert.

Est-elle sa prochaine cible ?

Judith revient, le visage constellé de gouttes de pluie. Ses cheveux qui dégoulinent sur le plancher formant une petite flaque. Pauvre fille, s'amuse sa mère, qui a dû crapahuter dans le brouillard et sous une pluie fine jusqu'à l'hôtel de son oncle pour lui rapporter ses lunettes, subtilisées dans son blouson.

Elle voulait vérifier qu'il était bien descendu au Connaught. Sur ce point, au moins, il n'avait pas menti.

« Il était en sueur, mais en me voyant, il a retrouvé son sourire », annonce Judith. Elle ajoute : « Au moment où j'allais le rattraper, il s'est mis à courir et je l'ai perdu dans le brouillard. Comme s'il avait soudain eu peur. »

Ces derniers mots intriguent Nathalie. N'est-ce pas la preuve que Tristan est sur ses gardes ? Il a senti qu'il était suivi et il a paniqué.

« Mais il y a plus étrange…, poursuit Judith.

— Plus étrange ?

— J'ai traîné un moment dans le lobby parce qu'il pleuvait des cordes dehors. Devine qui j'ai vu quitter l'hôtel avec un sac ? »

19.

« Pourquoi s'est-il barré du Connaught ? demande Judith.

— Je ne sais pas, répond sa mère, peut-être avait-il rendez-vous ailleurs ?

— Avec son sac ?

— Je te dis que je ne sais pas ! s'agace Nathalie.

— À quoi penses-tu ?

— À rien… » Elle se reprend : « Si, je pensais à ton oncle.

— Il est bizarre, tu ne trouves pas ? Nous n'avons rien à craindre de lui ? »

Nathalie se contente de répondre :

« Bien sûr que non. Qu'est-ce que tu vas imaginer ? C'est mon frère, il est doux comme un agneau.

— Si tu le dis… »

Nathalie s'irrite soudain de la flaque d'eau qui s'étale largement sur le sol aux pieds de sa fille.

« Regarde, tu es en train de tout saloper ! »

Elle se lève, va chercher une serpillière tandis que Judith la taquine avec un malin plaisir, sans retirer ses chaussures humides.

« Pas la peine de te fatiguer, ça va sécher tout seul ! »

Nathalie pose sur elle un œil noir, et se reprend :

« Ton oncle a été charmant, et toi tout autant. » Elle ironise : « La nièce parfaite !

— On va le revoir ?

— Tu sais, je n'ai plus que ce frère-là, et j'y tiens. »

Décidément, sa mère est une menteuse chevronnée.

« Je file me coucher, annonce-t-elle.

— Prends une douche brûlante, ordonne Nathalie.

— Demain !

— Sale gamine ! Arrête de n'en faire qu'à ta tête et obéis à ta maman chérie !

— OK.

— "OK, maman" ! » la reprend Nathalie.

Judith a déjà tiré la porte de sa chambre.

« Elle me prend toujours pour une gamine, soupire Judith. Si elle savait… »

En effet, il vaudrait mieux que sa mère n'apprenne pas qu'elle a été la maîtresse de Robert et qu'elle fouille régulièrement dans son portable. Nathalie a fait l'erreur de garder sa date de naissance comme mot de passe. Judith l'a tentée, le téléphone s'est ouvert. Elle lit ses textos, ses mails, étudie son répertoire, s'étonne des comptes qu'elle suit sur X, note les noms de ceux qu'elle appelle. Elle est entrée dans la vie de sa mère. Cette dernière n'a pas, ou presque pas, de secrets pour elle. Pour la première fois, elle déchiffre sa mère, ses plans, ses envies, ses sentiments intimes. Sa duplicité et ses mensonges, aussi. Elle a découvert les noms d'amis dont elle ignorait l'existence.

Elle a lu un ancien message de Robert, parmi les dizaines qu'ils échangeaient. Dans celui-ci, il disait qu'il la trouvait étrange. Cette ordure la massacrait auprès de sa mère.

Nathalie avait répondu par un smiley : celui d'un visage qui s'interroge. Il avait aussi écrit à quel point il aimait Nathalie. Les mêmes mots qu'il lui disait.

Qu'il soit mort est plus qu'une revanche sur ce salaud. Ce pervers qui osait lui dire qu'il l'aimait et qu'il voulait faire sa vie avec elle.

Elle ne le regrette déjà plus.

Depuis des semaines, Nathalie sait que Judith fouille dans son portable.

Ce matin encore sa fille l'a consulté pendant qu'elle se douchait. Il n'était plus à l'endroit précis où elle l'avait volontairement posé.

Elle en a eu l'intuition deux semaines plus tôt, quand elle s'est aperçue qu'un message qu'elle n'avait pas encore ouvert avait été lu. Elle aurait pu céder à la colère, le cacher ailleurs, mais, au contraire, elle a laissé faire. Elle se demande depuis quand sa fille l'espionne. Ça l'inquiète, bien sûr, mais ça la désespère surtout.

Elle se sent trahie. En danger, aussi ? Non, elle ne croit pas aux avertissements de Robert. C'était n'importe quoi.

Pour contenter la curiosité de la fille, la mère s'est inventé une vie faite de secrets sans importance et de fausses confidences. Elle écrit des messages à des amis imaginaires dans lesquels elle exprime son plaisir de vivre à Londres, parle de projets personnels magnifiques, de son besoin de reprendre son travail, et surtout du bonheur d'avoir une fille aussi parfaite. Histoire que tout ne soit pas rose, elle s'inquiète de la venue de Tristan, évoque les Delaporte avec réserve, se plaint aussi que sa fille ne l'aime pas assez, ne l'appelle jamais « maman », elle donne plein de détails afin de rendre ses autres textos crédibles. Elle est allée jusqu'à écrire qu'elle allait se séparer de la villa de La Baule avec la complicité du notaire.

Elle ment aussi en s'inventant des amants qu'elle n'a pas. Elle parle d'un certain Massimo, un Italien de toute beauté et très riche. « L'homme qu'il me fallait pour oublier mon Robert », écrit-elle à une amie imaginaire.

Elle se sent de nouveau maîtresse du jeu.

Finalement, il y a un point positif, et c'est bien le seul : Judith montre des qualités insoupçonnées. Il fallait avoir la curiosité de l'ouvrir, ce portable. Elle n'est pas de son sang pour rien. Tout cela n'est pas bien grave… Ce n'est qu'un jeu entre une mère et sa fille.

Tristan, en revanche, ce n'est pas un jeu. Ce frère dangereux reste sa priorité.

20.

Judith aime se retrouver seule. Elle s'est fait des amies, a eu quelques aventures, bien sûr. Elle s'est même attachée à certains. Avec Robert, ce n'était pas de l'amour. Elle n'a jamais cru à ses promesses et cela ne la dérangeait pas de le partager avec sa mère. Un divertissement, rien de plus. Une revanche, une vengeance, surtout.

C'est seule qu'elle se sent le mieux.

Cette solitude est la conséquence, qu'elle qualifie d'heureuse, de la vie que Nathalie lui fait mener depuis qu'elle l'a mise au monde. Elle a vite compris qu'elle n'était pas vraiment désirée. Elle est convaincue que sa mère est comme elle, bien trop indépendante pour s'encombrer d'une gamine. Elle n'a jamais connu son géniteur ; jusqu'à l'âge de quatorze ans, elle a grandi loin de sa mère, dans des pensionnats pour filles de riches. Elle la récupérait les week-ends, de temps en temps. Elle disait qu'elle lui manquait, qu'elle voulait vivre tout le temps avec elle. Quand elle la ramenait au pensionnat, elle s'excusait de l'abandonner, promettait de revenir vite. Des mensonges auxquels Judith faisait semblant de croire. Il fallait bien masquer sa douleur d'enfant négligée. Elle l'a rejointe à quatorze ans, à la fois curieuse et désireuse de cette nouvelle vie. De cette mère qu'elle connaissait si mal.

Une relation inédite s'est nouée entre elles, fusionnelle, comme si toutes deux ressentaient le besoin extrême de gommer des années de séparation, de rattraper le temps perdu. À d'autres moments elles s'ignoraient, étrangères l'une à l'autre. Dans ces moments, Judith voulait fuir sa mère, tellement elle la détestait. Puis revenait le temps d'une affection intense.

Depuis plus de dix ans, maintenant, elles ne se quittent jamais longtemps. Judith l'a accompagnée dans ses nombreux déplacements, a toujours obéi sans discuter. Elle fut de l'équipée Delaporte, jouant la petite-fille aimante auprès de ce grand-père qu'elle découvrait et qu'elle dit avoir fini par apprécier.

Et maintenant, il y a tout ce qu'elle trouve dans le portable de sa mère, ouvrant en elle une blessure impossible à cicatriser. Elle se sent trahie. Elle s'est tant dévouée pour elle… Elle parvient seulement à cacher qu'elle n'éprouve plus rien. La phase d'amour exclusif s'est éteinte. La détestation a repris le dessus.

21.

Il a peu dormi. Au réveil, il n'a plus le cœur à rester à Londres, alors que d'importants rendez-vous l'attendent. Il n'est pas encore persuadé que Nathalie a assassiné Jean-Pierre, ou a empoisonné son amant, ou encore fait renverser Julien par un complice, mais il a d'énormes soupçons.

Que cette petite chose, toute gentille, souriante, soit une meurtrière, il se refuse encore à y croire totalement. Pas elle, c'est impensable. Il n'en saura pas plus en restant à Londres mais il n'en a pas fini avec sa quête de la vérité. Pour l'instant, ça ne sert à rien d'insister. Il veut juste mettre des kilomètres entre sa demi-sœur et lui.

Le travail au salon est son exutoire pendant plusieurs jours. Il y passe ses journées, fait le tour de toutes ses franchises, s'obligeant pour certaines à y rester plusieurs jours. Impitoyable comme il ne l'a jamais été, il annonce qu'il vient remettre de l'ordre. Il vire des coiffeuses sans se soucier qu'elles aient charge de famille, ou qu'elles travaillent pour lui depuis des années. Il multiplie les aventures d'un soir, se débarrassant de ces maîtresses sans même leur donner d'explications. Sans états d'âme, méchamment parfois. Il boit plus que de raison, il a repris la cigarette. Il s'agace pour un rien. Il voit dans le regard de ses employés qu'il n'est plus celui qu'ils respectaient. Il s'en fout. Il n'appelle plus Noémie. Le sort de sa belle-sœur et de ses nièces lui importe peu. Comme avec sa demi-sœur, il a décidé de s'en passer.

Il a même déserté le bar où il prenait son café matinal et une tartine beurrée. Il a pris six kilos en trois semaines, mais de cela aussi il se moque. C'est contraint et forcé qu'il revient à Londres pour l'inauguration du salon. Il reste moins d'une demi-heure à la fête organisée pour l'occasion, sans même donner de prétexte à son départ. Il marche jusqu'à l'appartement de Nathalie dont les lumières sont allumées. Il aperçoit les silhouettes de sa sœur et de Judith. Il ne bronche pas et ne revient à son hôtel que lorsque tout s'éteint.

Il se noie, en a conscience, mais c'est le seul moyen qu'il ait trouvé pour oublier les tourments qui l'empêchent de trouver le sommeil. Ça, et les deux somnifères qu'il avale chaque soir et qui le laissent épuisé chaque matin.

Il est 10 heures pile lorsqu'il ouvre le salon. Sabine s'engouffre dans la boutique avec un rapide bonjour, elle qui d'ordinaire l'embrasse avec chaleur. Son portable vibre. C'est Noémie. Il décroche machinalement.

Sa belle-sœur est tout excitée. Elle le salue à peine avant d'annoncer que le chauffard qui a renversé Julien a été arrêté avant-hier. Ce type est, comme l'affirmait la police, un dealer au casier judiciaire épais. Après avoir nié, il a tout avoué. Qu'elle dise qu'elle va engager le meilleur avocat pour que ce salaud prenne cher, il s'en moque.

Il réalise qu'il n'y a aucun rapport entre l'accident et Nathalie. Cette révélation a l'effet d'un électrochoc. Tristan quitte aussitôt le salon, décidé à relancer sa quête de la vérité.

22.

Qu'il ne se manifeste plus depuis plusieurs semaines devrait la rassurer. Elle n'a plus aucun contact avec Tristan depuis le dîner à l'appartement. Elle n'a pas cherché à le rappeler. Lui non plus. Nathalie n'a jamais été aussi inquiète. C'est quand ils ne se montrent pas que les gens sont le plus à craindre.

Tristan est venu à Londres pour inaugurer son nouveau salon. Il y a eu des publicités pleine page dans les journaux. Il ne lui a pas fait signe.

Ce soir-là, Judith l'a fait venir à la fenêtre « vite, vite ! ». Elle a désigné une silhouette dans la nuit.

« Il est là, maman. Tu le vois ? »

Oui, elle a aperçu Tristan, guettant sous leurs fenêtres. Dix minutes plus tard, alors qu'elle a éteint toutes les lumières, elle a distinctement vu son demi-frère s'éloigner. Il s'est retourné ostensiblement vers ses fenêtres. Elle a frissonné. Ce dernier regard semblait être un avertissement.

« Il te cherche ! a dit Judith à haute voix. Si tu as peur de lui, je peux aller lui parler. »

Nathalie n'a pas répondu. Elle a compris que sa fille se moquait d'elle et de ses frayeurs. Comme si le fait de voir sa mère apeurée l'amusait. Elle n'a pas aimé le ton employé par Judith. Nathalie se sent prisonnière de deux menaces, sans avoir aucune échappatoire. Celle évidente de ce demi-frère dangereux et celle qu'elle sent monter, plus sournoise, de sa fille qui, comme par hasard, ne consulte plus son téléphone. Pourtant, en dépit de la mise en garde de Robert, elle n'a rien à lui reprocher. Elle reste avenante, attentive à sa mère comme jamais. Impossible de la prendre en faute. Elle a fouillé sa chambre, n'y a rien trouvé de suspect, dans son téléphone non plus. Elle l'a même suivie pendant quarante-huit heures. Elle n'a fait aucune entorse à son agenda. Rien, rien, rien…

Pourtant ce sont ces riens qui l'accablent. Ça s'appelle l'intuition, et cette intuition lui dicte de faire attention. Alors elle veille à ne manger que ce qu'elle a préparé, elle sert toujours Judith la première et attend qu'elle commence. Si elle n'en prend pas, elle non plus. Elle agit comme Tristan, lors du dîner philippin. Un soir, elle s'est forcée à éclater de rire quand sa fille s'est exclamée : « N'aie pas peur, je ne vais pas t'empoisonner, maman. » Car désormais, elle l'appelle toujours « maman ». Cela non plus, ce n'est pas normal… La nuit, elle s'enferme dans sa chambre. *Idem* quand elle prend un bain. L'armoire à pharmacie est sous clef. Elle ne se sépare plus de son petit spray au poivre. Elle devient paranoïaque. Elle en a pleinement conscience, c'est ça le plus effrayant…

Soudain, une idée terrible la paralyse : et si Judith et Tristan s'étaient ligués contre elle ? Elle y a pensé toute la nuit, trouvant maintes raisons à ce qu'ils soient complices. Au matin, elle est convaincue que tout cela doit cesser.

23.

Le voilà à Saint-Pancras en début d'après-midi. Déborah, son attachée de presse, l'accueille. Tristan n'est pas revenu à Londres depuis l'inauguration du salon, il y a plus d'un mois. Son ouverture est une réussite exceptionnelle. Il ne désemplit pas, avec une clientèle fortunée et quelques stars qui en assurent la publicité via les réseaux. Il est le coiffeur-vedette en Angleterre. Mais il a une autre priorité en tête que cette notoriété éphémère. Il est à Londres pour renouer avec Nathalie. Ces dernières semaines ont été fructueuses, ont éclairé les interrogations qui le hantaient. À peine monté dans le taxi, il l'appelle dans l'intention d'honorer son invitation au Connaught. L'endroit sera parfait pour ce qu'il appelle l'explication finale.

Il est tellement impatient qu'il pense s'être trompé en appelant Nathalie, puisque la messagerie automatique indique que le numéro n'est plus en service. Il s'applique et tombe encore sur le même message. Il tente une troisième fois. En vain, Nathalie a changé de numéro. Il cherche celui de Judith dans son répertoire. Mais, comme il le craignait, il ne l'a pas.

S'il s'écoutait, il foncerait chez elle, mais Déborah insiste. Il doit d'abord s'occuper d'Emma Mackey, une jeune actrice en vogue. Elle a aussi convié deux journalistes, « les plus réputés du pays ».

Rien à dire sur cette comédienne franco-britannique. Sympathique, souriante, la cliente idéale. Les journalistes ont aussi été très bien. À écouter Déborah, lui aussi a été parfait. Pourtant, tout au long de l'après-midi, il s'est senti absent, comme étranger à toute cette comédie. Il s'est forcé à faire bonne figure et son métier a fait le reste. Tandis qu'il s'appliquait sur les cheveux d'Emma, il a demandé à Déborah de trouver le numéro de Nathalie Hopkins, ou Nathalie Fitzgerald. Elle n'a pas fait beaucoup d'efforts avant d'annoncer qu'il était introuvable. Aucune Delaporte non plus.

Son directeur marketing a pris le relais de Déborah. Sa soirée est occupée, il doit dîner avec des fournisseurs importants. Il est 23 heures quand ils le libèrent enfin. Déborah l'attend, elle a bien l'intention de passer la nuit avec « cet homme extraordinaire ». Il s'excuse : « Je suis fatigué. » Elle sait qu'il est inutile d'insister. « Demain… », murmure-t-elle.

Bien qu'il soit tard et que l'appartement de Nathalie se situe à l'autre bout de la ville, il y fonce en taxi. Les embouteillages les ralentissent, il bout. Il leur faut une heure pour traverser Londres.

L'appartement du quatrième est plongé dans le noir, rideaux tirés. Il renonce à réveiller Nathalie. Ce qu'il a à dire attendra le lendemain. Ce soir il n'y a pas de brouillard sur Londres, et il regagne son hôtel la boule au ventre.

Il est plus de 8 heures quand il émerge d'un sommeil sans cauchemars. Il y a des lustres qu'il n'a pas passé une nuit aussi tranquille. Peut-être parce que, en dépit de son impatience, il sait que la journée sera belle. Il se lève à la hâte, se prépare un café à la machine à disposition dans la chambre et quitte l'hôtel, négligeant le somptueux *breakfast*. Il est incapable de manger quoi que ce soit.

Il termine à la course, ne ralentissant et reprenant son souffle que dans les derniers mètres. Il lève les yeux, les volets roulants sont toujours baissés, comme hier soir quand il a fait un court passage. Elles sont sûrement là et dorment encore. Il sonne, insiste deux, trois, quatre fois, de plus en plus longuement. Personne ne se signale. Il profite qu'un habitant sorte pour entrer dans l'immeuble. Devant leur porte au quatrième étage, le tapis avec inscrit « *Welcome* » est toujours en place. Il frappe, car la sonnette est muette. Personne ne répond ni ne regarde dans l'œilleton. Elles ne sont pas là, l'évidence s'impose. Il tente encore d'appeler sur le portable de Nathalie, même s'il sait d'avance que c'est voué à l'échec. Il vérifie qu'il est bien au quatrième. Il se tourne vers la porte mitoyenne, sur le palier. Quelqu'un l'observe à travers le judas. Il lui sourit, sonne, la porte s'ouvre aussitôt. Avant même qu'il pose la question, la voisine en robe de chambre le renseigne :

« *Madam Hopkins doesn't live here. Sir… ?*

— Delaporte, Tristan Delaporte. *I am Nathalie's brother.* »

Il ajoute dans un grand sourire histoire de la rassurer : « *And Judith's uncle !* »

La femme est bavarde, il ne comprend pas tout, son débit est trop rapide et son accent impossible. Mais il retient l'essentiel : elles ne vivent plus ici depuis un mois. Elle pense que l'appartement est libre, car elle a vu des gens le visiter. Enfin, elle ignore où elles se sont installées.

La femme lui donne le nom de l'agence de location. Là, ils n'en savent pas plus. La fille de la locataire a procédé à l'état des lieux et a récupéré la caution en liquide. Un détail qui l'étonne, mais qui n'est rien à côté de sa déception.

Il avait tant à dire à sa sœur.

24.

Trois mois plus tard, Tristan se rend à l'évidence : il a échoué. Il est inutile d'insister.

À moins qu'elles ne resurgissent un jour, il est incapable de retrouver Nathalie et sa fille. Envolées.

Il doit se faire une raison : sauf miracle, il ne les reverra plus. Personne n'a entendu parler d'elles depuis fort longtemps. Pas davantage Pelletier, le notaire de Nantes. La villa de La Baule est invendable tant que Nathalie ne s'est pas manifestée. Il y revient parfois, par nostalgie.

En revanche, il a réussi à joindre Marielle. Elle vit bien à l'île Maurice. Elle aussi est sans nouvelles des deux femmes. Mais elle n'est pas inquiète. Elle est habituée aux silences de Nathalie.

À Londres, son échec a été encore plus cuisant. Elles n'avaient pas d'amis et la compagnie d'assurances qui allait la réembaucher est également sans nouvelles. Les courriers de relance sont revenus « n'habite pas à l'adresse indiquée » et son poste a été attribué à une autre candidate. Le directeur, très coopératif, a enquêté pour lui auprès du personnel, des services fiscaux, et de leur mutuelle. Partout, on lui a fait la même réponse : Nathalie a disparu. Sans laisser d'adresse. Il a fait le tour des facs d'économie. Aucune trace d'une Judith Hopkins. Chaque fois que le téléphone sonne, Tristan s'attend à entendre Nathalie, enfin. Mais ce n'est jamais elle.

Il ressent un puissant sentiment d'échec. Il s'en veut, aussi. Comment a-t-il pu douter de sa demi-sœur, et même penser qu'elle avait tué Jean-Pierre à petit feu ? En avoir fait une abominable tueuse en série ? Toute cette histoire n'est qu'un terrible quiproquo. Il y a des jours où rien que de penser à elles deux le rend si malade qu'il ne trouve pas la force d'aller travailler. Ces jours-là il reste cloîtré chez lui, les volets clos.

Enfin, l'analyse ADN des cheveux qu'il a récupérés en cachette sur la brosse de Nathalie le soir où il a dîné chez elle l'a achevé. Le résultat a confirmé qu'elle était bien une Delaporte.

Sa sœur.

ÉPILOGUE

1.

Tristan observe Solène aux prises avec Mme Favier. Avant, les caprices de la vieille peau l'amusaient. Plus maintenant. Il passe ses journées à coiffer, sinon il se perdrait, tant il a du mal à vivre après son échec cruel.

Car, dans cette histoire, il a eu tout faux.

Nathalie n'est coupable de rien et il l'a soupçonnée à tort. Noémie en est convenue, mais trop tard. Elle aussi s'en veut de s'être ainsi déchaînée contre une innocente.

Les semaines, les mois ont défilé et Nathalie ne s'est toujours pas manifestée.

Il pense, sans doute à raison, qu'elle fait sa vie sous un autre nom. Peut-être même, se reproche-t-il, il lui a fait si peur qu'elle a choisi de s'éloigner des Delaporte.

Le détective qu'il a embauché a confirmé l'histoire de sa famille lilloise dans le détail. Ce fin limier est allé jusqu'à vérifier que celui qui a élevé Nathalie était impuissant. Il a aussi confirmé, même si ce n'est qu'un détail, que le meurtre de son confrère, Michel Muret, avait bien été commis par le mari jaloux.

Il a appris à cette occasion que Julien enquêtait sur Nathalie. Celle-ci n'avait rien découvert à ce sujet, mais, par affection, elle avait inventé une fausse explication. Tristan est certain que c'est Muret qui a tenté de lui vendre des infos. Son meurtre a interrompu son piteux racket.

Le temps passant, Tristan s'était résolu à ne jamais apprendre pourquoi Nathalie et Judith avaient fui. Une « fuite » était le seul mot qu'il trouvait pour qualifier leur disparition. Cette idée le torturerait au quotidien, et il l'acceptait comme sa punition. Méritée.

Tristan aurait tracé une croix définitive sur cette histoire sans ce moment qu'il n'espérait plus.

En fin de journée d'un mois de janvier glacial, Judith a surgi alors qu'il quittait le salon. Il n'a pas prononcé un seul mot, ni même manifesté sa surprise. Il a serré sa nièce dans ses bras. Tous deux ont pleuré de bonheur.

Puis elle s'est excusée d'avoir disparu aussi longtemps. Elle dit avoir voyagé et vécu grâce aux maigres économies que lui avait laissées sa mère.

« Ta mère ? Où est-elle ? a-t-il lancé, le souffle court.

— En Floride, je crois.

— Tu crois ? Ne me dis pas que tu n'as pas de nouvelles d'elle ?

— Eh si, Tristan. C'est triste, mais j'ignore précisément où elle est. »

Elle raconte que tout allait bien entre elles. « Maman parlait souvent de toi, à quel point tu lui manquais. Je l'encourageais à renouer avec son frère. Un jour, elle est tombée follement amoureuse d'un Italien. Dès ce moment-là, tout a changé… Il n'y en avait que pour lui. Je n'existais presque plus à ses yeux. »

Son Italien l'a emmenée aux États-Unis, mais il ne voulait pas s'encombrer de Judith. Quelques larmes s'échappent de ses yeux, roulant jusqu'à la « fossette Delaporte ».

« Maman a tout liquidé à Londres et elle m'a fait comprendre que je ne pouvais pas les suivre sous prétexte que je devais terminer mon année à la fac. Elle est partie en moins d'une semaine en me promettant de me donner des nouvelles le plus tôt possible. » Judith est amère : « Mais elle ne l'a jamais fait. Elle m'a seulement envoyé une carte postale de Floride. » Elle pleure de nouveau : « Elle m'a abandonnée. Et tout ça pour un *play-boy* italien et une histoire qui finira mal. C'est tellement triste, non ?

— Oui… », souffle-t-il, encore sous le choc de ces retrouvailles inespérées.

Tristan est submergé de bonheur et il promet à Judith qu'il mettra tout en œuvre pour retrouver sa mère. Alors, il lui racontera ses interrogations à son sujet, s'excusera de l'avoir soupçonnée du meurtre de Jean-Pierre et des autres et d'avoir pensé qu'elle n'était pas sa demi-sœur. Il lui confiera sa douleur jamais apaisée de l'avoir crue perdue. Il lui dira qu'il l'aime et qu'il a besoin d'elle.

Mais d'abord, il doit s'occuper de sa nièce.

« Pourquoi es-tu là ? » demande-t-il.

La réponse de Judith le comble.

« Maintenant que je n'ai plus maman, j'ai tellement besoin d'une famille. Tu es la seule qui me reste.

— Tu as Marielle, ta grand-mère ! s'exclame-t-il.

— Elle ? C'est ma famille bien sûr, mais ce n'est pas pareil. Elle est gentille, je n'ai rien à lui reprocher, mais quand je l'ai revue à Maurice, j'ai tout de suite senti que je ne resterais pas. Seule comptait sa nouvelle vie, auprès de son nouveau mari. Je n'avais pas ma place avec eux. » Elle lève les yeux sur Tristan et ajoute, après quelques secondes de silence : « Comme avec maman…

— Je suis là », dit-il.

Elle s'excuse de nouveau : « Pardonne-moi de venir ainsi sans prévenir. Je ne veux pas te déranger.

— Tu plaisantes, j'espère. Tu es plus que la bienvenue ! »

Comme elle n'a nulle part où dormir ce soir, elle accepte avec joie de l'accompagner chez lui. « Je ne resterai pas longtemps, promet-elle.

— Tant que tu voudras, répond-il. Cela me fait tellement plaisir d'avoir une nièce !

— Aussi parfaite !

— J'allais le dire ! Je t'emmène au resto, dit-il en désignant son chinois favori de l'autre côté de l'avenue. Nous y déjeunions tous les premiers mercredis du mois avec Jean-Pierre. »

À cette seule évocation, Judith éclate de nouveau en sanglots.

« Allons ailleurs, je préfère », dit-elle en larmes.

Elle s'excuse encore pour ses pleurs, comme le faisait autrefois sa mère.

2.

En début de soirée, ce 26 mars, Tristan Delaporte a été retrouvé mort par sa nièce, dont il a fait son héritière après l'avoir adoptée officiellement. Il était dans son lit, la couette remontée jusqu'au cou. Les enquêteurs indiquent dans leur procès-verbal qu'il avait passé la soirée seul, comme en témoignent l'unique assiette, les deux couverts, le verre sur l'égouttoir et la barquette d'un plat surgelé posé sur le plan de travail de la cuisine. Depuis quelque temps, le célèbre coiffeur se sentait fatigué et ne passait que rarement au salon. Tristan Delaporte a été victime d'une crise cardiaque foudroyante.

Ce matin-là, lorsqu'il émerge en milieu de matinée, Judith le force à prendre ses médicaments quotidiens, en surveillant qu'il les avale bien. Puis elle l'embrasse sur le front. Il voudrait échapper à ce baiser mais il n'en a plus la force. Il se sent partir.

Tristan repense à son père, sa faiblesse, sa mort. En quelques semaines seulement, sa santé a décliné. Au point qu'il n'allait plus au travail, ni certains jours ne quittait son lit. Il restait chez lui, couvé par sa nièce, désolée de voir son état. Elle s'occupait de son oncle chéri, refusant de l'abandonner tant qu'il n'irait pas mieux. Tristan s'est laissé faire. Judith annonce tout sourire :

« J'ai une histoire à te raconter, Tristan, avant qu'il ne soit trop tard. »

Il est si faible qu'il ne parvient pas à demander : « Trop tard pour quoi ? »

Comme si elle avait deviné, elle répond :

« Avant qu'il ne soit trop tard… » Elle poursuit : « Tu te souviens de la fin de Jean-Pierre ? »

Tristan fait un petit signe de la tête.

« Eh bien, mon cher oncle, tu vas mourir comme ton père… Aujourd'hui ! »

Judith se régale de son affolement. Il veut se lever, mais elle l'en empêche.

« Comme avec lui, je t'ai empoisonné à petit feu. » Elle éclate de rire : « Et en plus tu n'y as vu que du feu ! »

Il panique. Elle dit gentiment : « Ne t'énerve pas, c'est mauvais pour la santé… »

Elle se vante d'avoir berné tout le monde, sa mère la première. « Je la hais. Je voulais qu'elle souffre, et quelle meilleure souffrance que de perdre ceux qu'elle aimait le plus ? » Elle évoque Robert, son complice, qu'elle a pris pour amant, comme une autre revanche sur sa mère. Ce « benêt » l'a aidée à empoisonner le vieux, avant qu'elle se débarrasse de lui. « Il devenait trop encombrant. Une toute petite piqûre dans le creux du cou avant de nous quitter à Saint-Pancras et, hop, *ad padres* ! »

Judith lui caresse le front. « Tu vas me manquer. »

Tristan ferme les yeux pour échapper à son regard.

Puis il meurt, sans savoir comment elle s'est débarrassée de sa mère ou si elle est toujours vivante, fuyant non pas les Delaporte, mais une fille psychopathe.

Judith allait le lui dire, mais il s'est éteint trop vite.

Du même auteur

Je suis Amélie Lenglet, coécrit avec Philippe Balland, Calmann-Lévy, 2024

Le Grand Test, Calmann-Lévy, 2023 ; Le Livre de poche, 2024

Le Carnet des rancunes, Calmann-Lévy, 2022 ; Le Livre de poche, 2023

Plus fort qu'elle, Calmann-Lévy, 2020 ; Le Livre de poche, 2021

Le Jour de ma mort, Sonatine, 2019 ; Le Livre de poche, 2020

Sauvez-moi, Sonatine, 2018 ; Le Livre de poche, 2019

Ne nous quittons pas, Albin Michel, 2017 ; Le Livre de poche, 2018

Hortense, Sonatine, 2016 ; Le Livre de poche, 2017

Scènes de crime : 60 portraits de meurtriers célèbres, Presses de la Cité, 2015

Tu me plais, Le Livre de poche, 2015

Deux gouttes d'eau, Sonatine, 2015 ; Le Livre de poche, 2016

Qui ?, Sonatine, 2013 ; Le Livre de poche, 2014

Grands criminels de l'histoire, Éditions Radio France Roularta, 2012

Adieu, Sonatine, 2011 ; Le Livre de poche, 2013

Ce soir je vais tuer l'assassin de mon fils, Anne Carrière, 2009 ; Le Livre de poche, 2011

La Théorie des six, Anne Carrière, 2008 ; Le Livre de poche, 2010

La Femme du monstre, Anne Carrière, 2007 ; Le Livre de poche, 2009

La France qui gagne, Liber, 1996

Gens de l'Est, La Découverte, 1992

La Longue Peine, Calmann-Lévy, 1989

Composé et mis en page par PCA - Rezé

Achevé d'imprimer en avril 2025
par CPI BRODARD & TAUPIN (72200 La Flèche)
pour le compte des Éditions Calmann-Lévy
21, rue du Montparnasse, 75006 Paris
commercial@calmann-levy.fr

PAPIER CERTIFIÉ

CALMANN LÉVY s'engage
pour l'environnement en réduisant
l'empreinte carbone de ses livres.
Celle de cet exemplaire est de :
500 g éq. CO_2
Rendez-vous sur
www.calmann-levy-durable.fr

N° d'éditeur : 4308799/01
N° d'imprimeur : 3060967
Dépôt légal : mai 2025
Imprimé en France.